Auguste le Breton

Du rififi chez les hommes

Préface de Marcel Sauvage

Gallimard

© Éditions Gallimard, 1953.

Né à Montfort, le 18 février 1913, en Bretagne, Auguste le Breton passe sa prime enfance dans une ferme du Finistère. Devenu pupille de la nation, il entre à l'orphelinat qu'il quitte pour gagner une maison de correction. Il exerce divers métiers : terrassier, couvreur...

Au cours de ses pérégrinations, il rencontre et côtoie les voyous et truands qu'il saura ensuite si bien peindre dans ses romans. Avouant avoir beaucoup roulé sa bosse, beaucoup souffert aussi, il considère ses livres comme des romans d'aventures, des romans sociaux.

Écrivant avec ses tripes, il travaille tôt la journée : « J'empoigne l'écriture comme un match de boxe. Si j'attendais d'être inspiré, je n'écrirais pas souvent. Je travaille vite. J'ai une grande volonté et beaucoup d'énergie. Je fais un bouquin en deux ou trois mois... Lorsque je fais un roman d'aventures, je fais au départ un travail de reporter. Je me promène beaucoup dans le monde et je prends des notes... »

Plusieurs de ses œuvres ont été adaptées au cinéma : *La loi des rues, Rafles sur la ville, Du rififi chez les femmes, Brigade anti-gangs, Le clan des Siciliens* ainsi que les trois romans édités par la Série noire.

*au poète
Marcel Sauvage
et à l'homme*

PRÉFACE

Des écrivains de bonne bouche et de romantisme léger ont si bien fait que le monde familier des voyous – le tableau artificiel qu'ils ont réussi à nous imposer, avec la rengaine d'usage – a pris peu à peu un aimable et ignoble petit air d'opérette. Le ton est plat, facile, neutre, les couleurs un peu trop sans danger.

Pourtant, ce qui se nomme – d'assez jolie façon cartésienne – le milieu, *chez nous, vaut bien, du point de vue littéraire, ce qu'on peut trouver de plus sombre ou de plus coloré dans le genre, bien que différent, à Londres ou à New York. Ce ne sont pas les histoires à faire frémir, les tragiques, tendres ou sordides belles histoires qui lui manquent, mais les conteurs qui aient pratiqué les dessous de ce monde hautain et misérable et qui peuvent écrire objectivement, sans trahir qui que ce soit, dans le langage exact qui s'y parle.*

Auguste le Breton, dont voici le premier livre, est de ces conteurs qualifiés, capables, *à partir de documents précis, de redonner – qu'on me passe le mot – un peu de sang frais à un genre où le soupir prolongé des accordéons, l'argot désuet, le coquelicot sentimental et la vache élégance des foulards, non plus que les cartons à la gomme et la candide multiplication des cadavres ne suffisent à tromper l'amateur sérieux sur l'absence de juste climat, la pauvreté des ficelles et des faits, l'abstraite et gratuite résolution d'aventures imaginaires ou d'un quelconque et banal problème policier.*

Les hommes de la pègre ne sont pas des danseurs de corde, du moins comme l'entendent certains romanciers à la mode. Le maquillage, en France, du roman noir, appelait une réaction. La voici, je crois.

Pour effarantes ou effrayantes que puissent être, en leur dénouement, les intrigues du milieu, *c'est en effet la vie, son débat singulier qui nous intéresse en elles, c'est l'authentique et fatale palpitation des bas-fonds communs de la vie, les jeux imprévus de la haine ou de l'amour aux enchères, des glorioles naïves et du profit à main armée.*

Auguste le Breton a le sens pathétique de cette vie, toute fleurie à plaisir de points d'honneur, où règne une espèce de liberté sauvage qui ne manque, à l'occasion, ni de grandeur, quelque frelatée qu'elle soit à la base, ni d'absurde arrogance. De surplus – et c'est un trait de son humanité – il a un goût des tendresses cachées qui se font jour au pire instant, comme un signe de rédemption, chez des personnages voués, par force ou par faiblesse, au malheur comme au crime.

Le tueur, qui aime vraiment les petits oiseaux,

deux serins jaunes dans une cage dorée, n'est pas tout à fait perdu.

Il existe même, pour invraisemblable que cela paraisse et plus nombreux qu'on ne l'imagine, des mauvais garçons chevaliers du hasard au grand cœur. Les caves *le savent-ils qui le voudraient ignorer?... Les caves qui constituent bien, selon qu'on les peut largement définir, une classe, une race, une majorité sociale qui fait mal aux seins de l'« En-dehors ».*

L'auteur de ce livre n'était nullement destiné à la carrière des lettres. A peine a-t-il acquis le rudiment primaire sur les bancs de l'Assistance publique. Mais il s'est astreint patiemment, durant des années, aux disciplines nécessaires pour exprimer une expérience et une révolte qui valorisent en lui un espoir majeur.

Son langage, en ce qu'il a d'argotique, est strictement celui de la dernière heure sur la Butte Montmartre.

Peut-être ce nouveau venu parmi les conteurs d'histoires n'a-t-il pas encore une sûreté d'écriture telle qu'on la peut souhaiter à un homme de son caractère, dont le talent déborde le cadre d'une œuvre. Mais il a mieux : une sève qui, déjà, l'apparente aux maîtres du genre à l'étranger, un don de suggestion également qui, par ailleurs, joint à une sensibilité profonde, nous réserve, je l'espère, une production romanesque de haute marque.

Marcel Sauvage

CHAPITRE PREMIER

La quinte de toux prit Tony au milieu d'une relance. Il lâcha ses brêmes, porta une pogne à sa bouche. De l'autre, il sortit son mouchoir, glaviota dedans. L'étoffe se tacha de rouge.

Les autres attendaient en silence. L'un d'eux, un Bordelais, s'étira : la crosse d'un flingue apparut, coincée dans la ceinture de son grimpant.

La fumée, elle, était à découper en tranches, à coups de lame. Dix plombes du mat déjà. La lampe, surplombant la table de poker, était allumée depuis la veille. Elle ne s'éteindrait pas de sitôt. Les truands, assis devant le tapis vert, comme des huiles à un conseil d'administration, ne se tireraient pas comme ça. C'étaient des flambeurs, des mordus. Ils ne lèveraient pas l'ancre avant d'avoir paumé ou affuré quelques centaines de sacs. Tony rangea son mouchoir, reprit ses cartes.

« Suivis les trente mille », dit-il.

Sa voix était morne, froide, sans timbre. Il ne sourcilla pas en perdant le pot, ramassé par le

Bordelais. Aucune émotion sur sa frime pâle, creuse, que la mort griffait déjà. D'une pichenette, il éparpilla son maigre restant de plaques.

« Paulo! Fais tomber cent sacs », dit-il.

Le carreur, un boiteux, quitta la chaise où il avait passé la nuit. Il ne flambait pas, lui. Avec quoi, bon Dieu! D'un bout de l'année à l'autre, il était tondu à zéro. Il était bien maqué avec une gonzesse qui en moulait sur la Charbonnière. Mais sa Lulu? Un vrai prix à réclamer! Même pas foutue de gagner le mouron d'un serin.

En dépit de son manque de classe, les voyous le supportaient. Ils pouvaient compter sur lui pour les menus services, les commissions un peu débectantes. Et puis, pour tenir une carre, imbattable. Jamais il ne se gourait dans les chiffres. Une vraie machine à calculer, Paulo la Gambille!

« Mais, Tony! reprocha-t-il doucement. Tu sais bien que t'es déjà encroumé de...

– J't'ai demandé ton avis? stoppa le Stéphanois. Je cigle toujours mes dettes, non? J'dois une thune à quelqu'un ici? »

Son ton n'était nullement menaçant. Il se rencardait. Sans plus.

« C'est bon, Paulo, grommela un des mecs, un barbeau. Envoie les cent raides que Tony t'réclame. »

Aucun n'aimait accorder de crédit. Cependant, dans de telles parties, ça devient nécessaire. Les gros perdants obtiennent toujours du crayon. On ne peut pas les obliger à se trimbaler avec leur magot dans les fouilles...

De ses doigts longs, à la chair transparente, Tony aligna les jetons de dix mille devant lui. Ils n'y restèrent que le temps d'une donne. Son brelan d'as se heurta à un full aux valets. Ses plaques allèrent engraisser le tas de Miro, un Bordelais qui possédait un clandé à Lille.

Le Stéphanois tourna sa face blafarde vers Paulo la Gambille.

« Encore cent, dit-il.

— Voyons, Tony! se récria le carreur, j'sais pas si... »

Il détrancha son regard. Il n'était pas de poids pour affronter, même de l'œil, le Stéphanois.

« Enfin, demande aux autres », insinua-t-il pour dégager sa responsabilité.

D'un coup de saveur, Tony balaya les visages des joueurs. Sous les dures prunelles noires qui les interrogeaient, ceux-ci, mal à l'aise, détournèrent la tête. Seul, un jeunot, nouvellement débarqué de Nice, proposa :

« Si tu veux que j'␣t'avance de l'oseille, Tony...

— Pas la peine », répliqua sèchement le Stéphanois.

Ce genre de proposition ne lui bottait pas. Surtout de la part d'un inconnu. Le mitan semblait avoir drôlement chanstiqué durant les cinq piges qu'il venait de s'appuyer à Melun. Jadis, sur sa réputation, on lui aurait filé cache une ou deux briques de crayon. Et là! Pour quatre cents malheureux sacs...

« Ça va, dit-il. J'vais tuber qu'on m'apporte de la fraîche. »

Un chœur de louanges grimpa de la table : *Tony, voyons... Tu sais bien qu'entre nous... tu peux encore prendre cent sacs... On t'fait confiance...*

Sans mot dire, le Stéphanois s'éloigna vers la porte qui séparait l'arrière-salle du comptoir.

*

En robe de chambre, allongé sur un divan de salon, Jo le Suédois feignait de s'intéresser à un canard. En réalité, il ne ligotait pas. Le papier cachait ses beaux traits bronzés qu'éclairait un sourire. Une petite paluche tyrannique lui ôtait et remettait ses babouches, ou encore lui tordait les doigts de pied.

Dans la piaule voisine, l'aspirateur cessa de ronronner. La porte de la carrée s'ouvrit. Une voix douce, tendre, menaça :

« Tonio, vas-tu laisser ton père ? Tu m'entends ? Tu veux une fessée ? »

Un petit bout de gosse boula de confiance contre le flanc du Suédois. Le rire de Jo s'éleva, couvrant celui moqueur du môme. Le journal, arraché par deux menottes autoritaires, voltigea sur le tapis.

« Tu me le perds, Jo, dit la jeune femme brune vêtue d'une robe d'intérieur en soie rouge. Tu lui laisses faire ce qu'il veut... Tu verras que... »

Elle s'interrompit, tourna la tête vers le grelottement du téléphone. A travers les vitres, un rayon de soleil vint éclairer son fin profil.

Elle décrocha, écouta, dit quelques mots, puis brandit l'appareil.

« Pour toi, Jo, c'est Tony... »

D'un bond, le Suédois dressa ses un mètre quatre-vingts. Son bras étreignait toujours le moujingue.

« Oui, Tony? Ça gaze, vieux?... Quoi? Cinq cents sacs? Bien sûr. Où qu' t'es?... Chez Fredo? D'accord... Laisse-moi, Tonio... Hein? Non, pas toi. C'est ton filleul qui m'tire les tifs... Une demi-heure? Oui... Attends, attends! T'as passé tout l' borgnio au flambe? T'y es de cher?... Six cents avec le croum? Putain! Qui c'est les gniards qui jouent?... Oui... Oui... Oui... Hein? Le Bordelais! Y a pas un p'tit mec non plus, un jeune Niçois?... Si? »

Le rire venait de se figer sur la poire du Suédois. Une ride barrait son front. La dureté avait remplacé la douceur de l'ironie dans ses yeux bleus. Apeuré par ce changement subit, le petit Tonio se mit à gigoter. Son paternel se baissa pour lui rendre la liberté.

« T'aurais dû m'affranchir que t'allais flamber, enchaîna le Suédois. La mentalité des gonzes a cambuté pendant que t'étais au ballon. Le jeune Niçois est en cheville avec le Bordelais. Ils t'ont cavé, sûr! Ils sont grimpés spécialement du Midi pour arnaquer les parties d' poker. Le Niçois est une épée dans c' boulot. Il quille les as. T'aurais dû t' la donner. Enfin, attends-moi sans faire de rififi; on va tâcher d'arranger l' coup. Continue à flamber comme si t'étais au courant de rien. Je rapplique. »

Le Suédois allait reposer le cornet quand il sursauta :

« Quoi? hurla-t-il. Tu n'veux plus que je vienne? Tu me l'interdis? Pourquoi? T'es fou... Tony! Tony? »

Un déclic et le silence. A son tour, le Suédois raccrocha. D'une pogne rapide, il avait déjà dénoué le cordon de sa robe de chambre.

*

En revenant du téléphone, la bouille du Stéphanois était toujours aussi fermée, ses mouvements aussi nonchalants. Deux, trois secondes, il resta sur le pas de la lourde à gaffer les joueurs. Son costar ne collait pas à son corps, promis à une proche décomposition. Quand il marchait, le squelette se devinait sous l'étoffe. Ne vivait en lui que son regard noir, cruel, intelligent. Pour l'instant, le bord rabattu de son chapeau en voilait l'éclat. Il revint prendre place à la table, alluma une pipe, appela la Gambille du doigt.

« On m'apporte du pognon dans un quart d'heure, expliqua-t-il. En attendant, fais-moi dégringoler une centaine de bardas.

– Bien, bien, Tony... », fit Paulo.

Epaules voûtées, tête rentrée, le Stéphanois parut s'intéresser à son jeu. On ne voyait plus que le dessus de son feutre marron. Sans suivre, il attendit que la donne soit au Niçois. Il semblait vraiment ne s'occuper que des plaques disposées devant lui. Mais sous le bada, son œil droit ne cessait pas de bigler les paluches du Niçois qui battait les cartons. Soudain, sa voix siffla comme une lanière :

« Laisse tes pognes où elles sont, p'tit. Bouge plus! »

Il les bougeait, les siennes, le Tony. Dans son poing venait de jaillir un calibre au mufle court, muni d'un silencieux : un cadeau de Roger de Frisco.

« Essaie pas de prendre ton flingue, toi, l' Bordelais, ordonna-t-il, en se levant vivement. Laisse tes griffes sur la carante. Au moindre geste, c'est ta fête. »

Sans cesser de surveiller la tablée, il vint se poster derrière le Bordelais. La nuque du gonze était tentante, rose, bien dégagée. Tony l'écrasa de son poing armé. Le gniard s'affaissa sur sa chaise. La seringue du Stéphanois était de nouveau en position de tir. Glissant sa main gauche sous le bras du Bordelais, il s'empara du feu planqué dans la ceinture. Un P.38? Bel outil! Du pouce, il rabattit le cran de sûreté : L'F rouge minuscule apparut. Il s'approcha du Niçois. Les mains de celui-ci, sur le packson de cartes, tremblaient. La sueur giclait de son trognon, elle trempait son Borsalino gris perle.

Avec le P.38, le Stéphanois cogna sec les doigts du jeunot.

Il ordonna :

« Retourne-moi l'paquet d'brêmes. J'veux mater les trois dernières. »

L'autre obéit. L'œil du Stéphanois prit feu en apercevant trois as accolés.

« Ainsi, tu voulais m'doubler, jeune connard. T'as cru que j'pouvais être nature, à c'truc-là!...
— Mais Tony!... tenta le Niçois, décomposé par le tracsir.
— Ta gueule!
— Voyons, Tony... », tenta à son tour le taulier de clandé.

Le Stéphanois le zieuta une seconde, expédia un coup de châsses aux deux autres flambeurs, des saurés qui avaient leurs gonzesses en Suisse et grommela :

« J'sais qu'vous trois, vous n'êtes pas dans l'coup. Alors, mettez-la en veilleuse. Compris?... »

De son poing enfouraillé, il fit signe au carreur.

« Combien qu't'as d'pognon dans ta carre? »

La Gambille, dont le jaune du teint virait au gris, balbutia :

« Douze cents sacs.
— Pose-les devant moi et fissa.
— Tony... »

Un des harengs venait de se lever à demi, par réflexe. Devant l'artillerie subitement braquée de son côté, il se rassit.

« Ces lovés sont à nous tous, eut-il néanmoins le courage de poursuivre. Nous, on est réguls. On n'était pas au parfum qu'y avait un turbin dans la partie. Que tu récupères ton aspine, c'est juste. Mais pas le nôtre! »

Le Stéphanois amorça un sourire cynique, désabusé. A reculons, il alla décrocher son pardessus. Dans l'une des glaudes, il fourra le P.38 et, après avoir endossé le vêtement, il revint vers la table. De sa pogne libre, il rafla le fric que venait d'y déposer le boiteux.

« Vous vous démerderez entre vous, lâcha-t-il du bout des crocs. Maintenant, toi, le... »

Le Bordelais poussa un gémissement. Du sang tachait de rouge le col blanc de sa limace de soie.

Tony le bigla, puis ramena son regard sur le Niçois. Il reprit :

« Maintenant toi, le jeunot, pour t'éviter de te vanter de m'avoir cavé au poker, j'vais te... »

Une odeur plus forte que celle de la fumée et des alcools creva dans l'air. Le Niçois venait de saloper son froc. Ses carreaux s'ouvrirent, horrifiés. La frousse plaquait sur sa rétine un voile grisâtre; il ne devait plus y voir grand-chose, le spécialiste du flambe!

Un dixième de seconde, le flingue de Tony sauta dans le creux de sa pogne. C'est toujours de cette façon qu'il tirait. Un peu bas, pour remonter à la cible. Trois fois de suite, il balança la sauce. La première bastos avait morflé le Niçois au front, sous le « gris perle ». Les deux suivantes, plus en dessous, vers les joues.

Le malfrat s'écroula en avant, dans ses propres

bras. Son Borsalino roula sur la table. Un brin de cervelle s'aplatit sur les trois as.

Un gargouillement à la droite de Tony... Une odeur encore plus toc... La Gambille, vert, les mains aux tripes, allait au refile.

Revenu de son envapement, le Bordelais se leva. Il était hagard. Sa paluche, instinctivement, glissa vers sa ceinture. Dans le dos de Tony, un calibre miaula. Le bradillon du Bordelais, fracassé par une 12 mm, se détendit à deux reprises, bêtement comme un ressort. Vivement, Tony se retourna.

Le Suédois dressait sa solide carcasse sur le seuil de la porte. Son feutre n'avait pas pu retenir une mèche blonde, rebelle, qui, sur sa tempe, dessinait un accroche-cœur. De son froc de tweed, dépassait le bleu tendre d'un pyjama. Nouée hâtivement, la ceinture de son trench-coat accusait des hanches minces, un large torse. A son poing droit, un Colt fumait.

L'œil froid de Tony se réchauffa d'une lueur tendre.

*

Le Suédois pilotait sa bagnole d'une main experte. Au coin de ses lèvres, sa cigarette dansait. Il renaudait :

« Pourquoi qu' tu m'as pas attendu? T'as envie de finir à la morgue? Tu sais pas qu'ils sont gonflés, tous ces nouveaux truands de la guerre! Y te butent un gonze, pour un oui, pour un non.

Des fondus, j't e dis! Et pourquoi repasser le Niçois? On pouvait s'arranger autrement. Chouraver leur oseille, par exemple... Non? »

Tony lorgna le profil de son pote d'enfance. Il souriait :

« C'est fait, dit-il.
— Quoi?
— Leur oseille...
— Tu l'as engourdie? »

Le Stéphanois ricana :

« Pardi! Tu t'figures que j'allais me laisser faire marron par ces voyous à la gomme? Non... Tu rigoles! »

Le Suédois freina devant un feu rouge. Il ralluma son mégot, mata son copain, soupira :

« T'as une drôle de frime. Pourquoi pas t'tracer à la camp'? Au Mont-Dore, par exemple... Ça te rebecterait. Tu crois que c'est marle pour toi d'passer la sorgue au flambe?... Dans la fumée! »

Tony hocha la tête.

« J'suis cuit, dit-il, tu le sais bien... J'me fais pas d'berlue. Alors un peu plus tôt, un peu plus tard... »

La santé de Tony était le grand souci du Suédois. Hélas! rien à faire. Le Stéphanois ne voulait pas se barrer de Paris. Depuis un mois qu'il était sorti du ch'tar, il ne voulait rien entendre pour aller se retaper la cerise. Quatre semaines de liberté l'avaient foutu à plat. Il draguait la noïe dans les boîtes, rôdait dans la capitale, se retrempait dans le milieu qu'il avait dû abandonner pendant cinq piges de récluse. C'est là, d'ailleurs, qu'il avait morflé sa maladie. Mal piffé, son esprit classé indomptable lui avait valu pas mal de quatre-vingt-dix. Dans ces inhumains séjours au mitard – une jaffe et un bout de brignolet deux fois par semaine – c'est là que le tube avait ravagé son organisme. S'il avait voulu se tenir tranquille, depuis qu'il était décambuté de Melun, peut-être qu'il aurait pu prolonger son existence. Mais Tony n'était pas homme à vivre à demi...

Au feu vert, le Suédois embraya.

« Tu viens mastéguer à la maison, dit-il. Louise t'a préparé une de ces brandades... Elle sait que t'as ça à la bonne. »

Il ajouta, devançant le refus de son ami :

« Le môme s'ennuie de son tonton. Y se plaint qu' tu viens pas l' voir souvent. »

Le Stéphanois parut s'intéresser à la circulation, avant de lâcher :

« Vaut peut-être mieux pas... Un tubard, tu sais...

– V'là que ça compte entre nous! protesta le Suédois... Si tu t'étais allongé aux poulets il y a cinq berges, qui dit qu' c'est pas moi qu'aurais les éponges mitées, maintenant. Et puis le môme, il est solide, non? D'ailleurs, Louise m'a dit de t' ramener ; j' te ramène.

– Entendu, Jo! capitula le Stéphanois. Allons-y. Ah! Pendant que j'y pense. N'oublie pas de voir Mario. Renseigne-toi s'il a les outils et si son pote est arrivé. C'est du peu pour l'affaire. J'attends un dernier rencard et on opère. »

Au loin, son regard repéra une boutique. Un sourire rosit sa frime pâle. Il gaffa dans le rétro, ôta prestement la clef de contact. Puis il prit le volant des mains de son pote et donna un léger coup à droite. La bagnole glissa lentement avant de s'immobiliser devant un magasin de jouets.

CHAPITRE II

« Dis donc, Mario?... Un peu gourde la môme, non? Y m'semble que tu l'as casquée chéro! »

De son pouce manucuré, le Rital lissa ses bacchantes de jeune premier. Il hocha son crâne où, poissés par la gomina, s'épaississaient des douilles d'un noir bleuté.

« Elle se fera, dit-il sans frimer Ida, sa femme, assise sur l'un des accoudoirs du fauteuil où il se prélassait... Elle a besoin d'être bien drivée, c'est tout. »

D'un regard de maquignon, il détailla son acquisition, ajouta pour rassurer les goûts d'économie de sa nana :

« Te bile pas pour le blot que j'l'ai ciglée. Tu verras que ça va faire une sacrée pute. Vise-moi c'châssis... Un vrai Prix de Diane! »

Les magnifiques yeux sombres d'Ida se tournèrent vers Yvonne, la nouvelle. Pour l'instant, le « Prix de Diane » n'avait pas encore affuré son avoine. Une robe de trois thunes la loquait. L'une de ses grolles était écourtée du talon. Une frange de tifs en pétard avec le figaro bouchait un de ses carreaux candides, accentuant ce que sa bouille dégageait de canaille sensualité. Même pas vingt piges. Oui, un beau sujet. On ne pouvait pas reprocher à Mario de miser à côté dans ce boulot. Y s'y connaissait. Les paumées étaient sa spécialité. Il ne regrettait pas les deux cents sacs versés au Corsico. Celui-ci avait manqué de pif. Mario, lui, supputait déjà les rentrées d'aspine qu'allait lui valoir cette jeune fondue bien roulée, haute de taille. C'qu'il fallait avant tout, c'était transformer la pouliche, la prendre en pogne, et tirer sur les rênes pour lui éviter de remettre les panards dans tous les guinches à merdeux où elle se laissait culbuter pour fifre, pour le plaisir. Si c'est du mâle qu'elle voulait, elle en aurait. Et du relevé. Mais pas à l'œil. Les michetons de la Madeleine allaient pouvoir préparer leurs morlingues. Ils la tringleraient, l'Yvonne. Seulement, en s'allongeant sur le plumard du casuel, faudrait aussi qu'ils allongent leur fric. Drôlement.

D'une tape négligente sur le valseur de sa lamfé, Mario la chassa du fauteuil.

« Vas-y, dit-il. Commence. »

Petite, menue, fine et brune, Ida se dirigea vers le téléphone. Le tailleur qui la moulait, décarrait de chez Carven. Hé oui, c'est là qu'elle se sapait. Elle pouvait se le permettre. La meilleure gagneuse de la Madeleine! C'est Mario qui l'avait formée. Elle n'avait que seize carats quand il l'avait levée, un soir, au bal à Jo. A l'époque, elle était seulâbre dans la vie : sans une bougie pour claper, sans une carrée pour pioncer. Avec Mario, ç'avait pas traîné : huit jours plus tard, après l'avoir retapée, il l'avait collée sur le tapin. Depuis, elle lui en avait rapporté des unités! Avec gourbi de cinq pièces tout confort, Salmson décapotable et tout le toutim.

Sa réputation n'était plus à faire. Elle possédait un bon papier. Tous les barbeaux de Paris la citaient en exemple à leurs radeuses. De vieux maqs s'installaient à une terrasse pour la voir arpenter le bitume, pour se rappeler d'anciens souvenirs, pour la joie du métier. Deux à huit, c'étaient ses heures. La mine conquérante, l'œil aguichant, elle foulait de ses vernis l'asphalte du boulevard. Jamais harnachée de la même façon. Ses fringues justes à la peau et sa démarche onduleuse mettaient la démangeaison aux griffes des lavedus. Sous ses chemisiers, ses roberts pointaient vers le ciel comme une batterie de D.C.A. Par leur promesse nerveuse, ses gambilles gainées de nylon asséchaient la gorge des caves. Ils grimpaient. Ida ne s'attardait pas sur le clille. Elle encaissait l'oseille, épongeait le branque et hop! fonçait remettre le couvert avec un autre.

De son briquet en jonc, Mario alluma une pipe. Puis il se carra dans son fauteuil, croisa les jambes, prenant bien soin de ne pas froisser son costar à cinquante raides.

« Vas-y, répéta-t-il à Ida qui, un botin sous le bras, venait de s'approcher d'Yvonne, restée au seuil du salon. Les jambes d'abord. »

Un poing sur la hanche, Ida, la mine soucieuse, ordonna :

« Relève ta robe! »

La fille obéit. Le noir de sa roupane, tachée de graisse vers l'ourlet, trancha sur sa chair de blonde. Ses cannes étaient longues, bien dessinées, quoique un peu grasses. Aucun bas ne les protégeait.

« Plus haut! » commanda Mario.

Yvonne se retroussa jusqu'à la taille. Une ceinture à jarretelles, bleue jadis, pendait inutile. Une patte manquait. Du bout de ses doigts où étincelait un diam, Ida, la bouche pincée, tira sur le porte-jarretelles, qui céda.

« Qu'est-ce que tu peux fiche de ça, ma fille! s'exclama-t-elle. Tu m'parais pas très propre, hein! »

Elle balança la ceinture avec un geste de dégoût.

« Tourne-toi à présent! »

La grande bringue obéit. Que n'aurait-elle pas maquillé pour rester dans cet appartement bien chauffé, où tout reniflait le luxe, l'oseille. Et puis, est-ce qu'on résiste à un baratin de Mario!

D'un coup de châsses exercé, Ida contempla la chute de reins du doublard à son homme. Elle l'attarda sur les noix que voilait un slip miteux, de couleur rose, et se retourna sur Mario. Elle l'interrogea du coin de l'œil.

« Ça ira, dit-il. Mais bon Dieu, c'qu'elle est craspect! Tu t'en occuperas. Fais-la marcher, maintenant. »

Les tronches auraient trouvé ce tableau vicelard. Ida et Mario, eux, non. Business, business. Le reste, la partouze possible? Des complications de rupins, des foutaises...

Sa robe retombée, la frangine leur fit face de nouveau. Ida lui tendit le bottin...

« Colle-toi ça sur le cigare. Et marche en balançant légèrement les bras. »

Yvonne avança comme demandé sur l'épais tapis. Mais sa tartine, au talon cisaillé, gâchait la silhouette.

« Enlève tes lattes », ordonna Mario.

Pieds nus, Yvonne reprit son numéro de mannequin. Obligée à se tenir plus droite, sa ligne y gagnait. En dépit de sa crasse, elle était du tonnerre! De la chair vivante, pleine, qui viderait l'énergie des michés! Mario se la représentait telle qu'elle serait dans quelque temps, une fois épouillée. Mince de fric en perspective...

La sonnerie de la porte le tira de ses calculs financiers. Il se leva, gagna l'entrée. A travers un viseur, il repéra le visiteur et ouvrit en souriant.

« Entre, Jo, dit-il, la pogne tendue. Ça va? »

Le Suédois repoussa son feutre sur sa nuque. Quelques gouttes d'eau roulaient sur ses joues hâlées. Il respirait la force, la santé.

« Ça gaze, dit-il. T'es seulâbre?

– Non, Ida est là. Viens. »

Ils entrèrent dans le salon.

Le Suédois s'arrêta pile devant Yvonne, les bras ballants, son annuaire en équilibre sur le cassis.

« Merde! fit-il. On s'croirait à Médrano! »

Intrigué, il regarda Mario.

« Ma nouvelle môme, fit l'Italien. Ida lui apprend à arquer. Faut la dresser un peu.

– Beau p'tit lot, concéda le Suédois en serrant la main d'Ida. Félicitations. »

Ses yeux riaient. Ce Mario et ses gonzesses...

Le Rital claqua la croupe d'Yvonne et le bottin dégringola sur l'Aubusson.

« Calte d'ici, dit-il. Ida va t'conduire à la salle de bains. »

Et, vers sa polka :

« Porte-nous à boire, mon chou. Du Perrier. Ensuite, tu la rejoindras; on a besoin de jacter, Jo et moi. Et donne-toi-la avec la môme. J'suis prêt à parier qu'elle a jamais vu une salle de bains. Elle va vouloir se laver les pinceaux dans le bidet. »

Il regarda s'éloigner les deux Julies :

« Et dis-lui qu'elle chanstique de blaze... Yvonne? Pourquoi pas Eglantine? A partir de maintenant, on l'appellera Gaby. »

Il se détrancha sur le Suédois :

« Les truffes bandent pour ces noms-là. Ça les autiche. Y doivent avoir l'impression de s'farcir une danseuse. Parole, ça les rend plus généreux. Y ont moins d'oursins dans leurs fouilles. »

Le Suédois se laissa aller dans un fauteuil en lorgnant Ida qui versait l'eau pétillante. Il attendit qu'elle se trace, puis lança à brûle-pourpoint :

« T'as des nouvelles de ton pote? »

Le briquet du Rital cliqueta :

« Oui. Y radine ce soir. Y débarque par le dur

de Milan vers les onze plombes. J'irai le chercher moi-même.

— Bon. L'outillage?

— Te casse pas l' trognon. Tout est paré, planqué en bas, dans la cave. C'est pour quand? »

Le Suédois reposa son Perrier :

« ... Sais pas encore. Demain, après-demain. Faut que j' me mette d'accord avec Tony. J' te passerai un coup de grelot. Tu seras chez toi dans la soirée? »

Le Rital aspira une goulée de fumée, la rejeta :

« Non, j' vais trimbaler mon pote dans Montmartre. Y va vouloir s'offrir une petite java, tu comprends. Le champ' et les sœurs lui déplaisent pas, au mec! On ira vider quelques rouilles au Rêve-Bleu. Ils ont de ces gonzesses là-bas en c' moment! Mais j' peux pas le laisser seul. Y jaspine pas le fransquillon. Vaudrait p't-être mieux que j' tube chez toi. Qu'est-ce que t'en dis? »

Le Suédois se leva.

« Entendu, fit-il. Mais restez sobres. Va falloir que vous soyez d'attaque. S'agit pas d'avoir les flubes au dernier moment. »

Mario se dressa à son tour. Impeccable, le pli de son futal se cassa légèrement sur ses Westons à triple semelle.

« Te fais pas d' mouron. Tu sais bien que ça ira. »

Et d'un ton de regret :

« Tu te trisses tout d' suite? Tu veux pas tortorer un bout avec nous? La cuisinière a attriqué un gigot comac! »

Le Suédois éclata de rire devant l'exagération de Mario, dont les mains coupaient la mesure à un mètre l'une de l'autre.

« Non, merci, dit-il. Faut qu'j'aille réveiller Tony. J'voulais juste connaître le jour de l'arrivée à ton mec... Tchao. »

Mario raccompagna le Suédois. En repassant, il entra dans la salle de bains. Devant les ronds de crasse étalés sur la flotte de la baignoire, il remarqua :

« Putain! C'était pas du luxe. Elle a jamais dû s'laver l'fion, c'te môme! »

Il avisa une brosse en chiendent, la prit, la lança à Ida...

« Tiens, brique-lui la couenne. Elle en a besoin. Et chique pas. Vas-y d'auto. »

Avant de se rebarrer pour écluser son verre, il flatta de la pogne les fesses d'Yvonne. La grande connasse gémit de plaisir.

*

Tony avait enfilé une robe de chambre épaisse. Tout frissonnant, il enroula une écharpe autour de son cou décharné, s'avança vers la porte, guetta le deuxième signal : trois coups brefs, suivis de trois coups espacés... Il ouvrit.

« Salut, Jo! dit-il. Ça va, gars? »

Le Suédois alla directement à la fenêtre du

studio, fit coulisser la tenture, dévoilant ainsi un ciel maussade.

« Ça va, répondit-il enfin. Et toi? T'as pas l'air en forme? Mal bigorné? »

Le Stéphanois s'approcha, sans répondre, d'une cage où pépiaient des oiseaux. Ceux-ci, des serins, dormaient tard le jour, comme leur maître. Ils saluèrent sa venue de quelques sifflotements joyeux.

« Eh bien, mon p'tit Charlot? demanda Tony à un lascar jaune qui, tout gonflé de joie se balançait en roulant ses petites prunelles noires. As-tu faim? Et toi Dorothée?... T'as passé une bonne noïe? »

Avec des coulées d'or dans son plumage gris, Dorothée sautilla. Elle comprenait. Les oiseaux, ça c'est vrai, ça vous comprend. Tony sourit. Il coinça un morceau de sucre entre les barreaux de la cage, changea l'eau de la minuscule baignoire et allongea sa longue pogne vers le Suédois :

« Jo, refile-moi les graines... près du bar... Sers-toi si t'as soif... Une minute et j'suis à toi. »

Le Suédois apporta le paquet de graines et proposa :

« J'vais te préparer un jus. Ça te réchauffera; t'as l'air gelé. Pourtant, il fait tiède, chez toi. »

Dans la cuisine meublée moderne, déjà il s'affairait :

« Dis donc, Tony, lança-t-il en emplissant la bouilloire. J't'ai amené le canard. Y parle du Niçois. T'es au courant?

– Non, répondit le Stéphanois sans cesser de faire du charme à ses piafs. Qu'est-ce qu'y raconte? Les condés ont mis le bistrot d'Fredo dans le coup? »

Le Suédois régla le gaz.

« Non, répliqua-t-il. Son cadavre a été retrouvé à l'aube, près d'la porte d'Asnières. Hier soir, Fredo a dû l'empaqueter jusque-là. Pas fou, le vieux Fredo... Pas envie d'voir boucler son tapis...

– Et le Bordelais?

– Y n'en jacte pas. Sûr qu'il a été se faire soigner chez Marcel le Toubib. Tu dois t'gourer qu'il ne tient pas qu'les matons l'interrogent sur son coup d'flingue. »

Le meurtre du Niçois s'oublierait vite. Les poulets, bien sûr, dragueraient dans Montmartre. Ils colleraient leurs indics sur les endosses des potes du Niçois... Mais y se casseraient le tarin à vouloir piger. Personne ne s'allongerait. C'était du cousu main.

« Et le type à Mario? » s'enquit Tony. Des nouvelles?

– Oui. Y débarque ce soir de Milan. Va falloir qu'on décide du jour. Qu'est-ce que t'en dis? »

Après un dernier regard à ses serins, le Stéphanois se tourna vers son pote. Il prit la tasse tendue, huma :

« T'es du métier, mec! Un vrai caoua. »

Il but une gorgée :

« Autant opérer au plus vite, non? Après-demain, ça t'irait? Si le gniard est aussi marle que

Mario le raconte, c'est du sucre... Pas la peine d'attendre.

— On aura besoin d'une tire.

— J'm'en charge. Au dernier moment, j'en chouraverai une devant le Rex. »

Le Suédois fit gicler le siphon dans son Martini :

« Aut'chose : paraît qu'Mado est revenue. Depuis une semaine, elle turbine au Cimeterre-d'Or, rue Pigalle. C'est Lolo le Marseillais qui m'a affranchi. »

La cuiller s'immobilisa dans la tasse de Tony. Une lueur sauvage flamba dans ses yeux noirs. La contrariété força la fièvre sur sa frime pâle. Une quinte de toux le secouait. Vivement, il sortit un mouchoir en papier Lotus, d'une boîte qui traînait.

CHAPITRE III

Ça y allait à la manœuvre au Rêve-Bleu. La boîte était bourrée de trêpe. Les appliques rouges flanquaient de vraies traînées de raisiné sur le crème des murs. Sur un plateau grand comme la conscience d'un parlementaire, cinq, six frangines tortillaient leurs fions sanglés dans des culottes de satin bleu. Belles mômes dans l'ensemble mais genre bêcheuses... Elles se prenaient pour des artistes, pas vrai?

Parmi elles, y avait bien une ou deux hotus dont les nichons commençaient à se tracer en gélatine. Mais la lumière aidant...

A une carante, Mario, entouré de son harem, trônait comme l'Aga Khan soi-même. Yvonne ouvrait des quinquets démesurés. La première fois qu'elle foutait ses tatanes dans une turne pareille, sûr! Mario l'avait saboulée pour la circonstance. Oh! il s'était pas mouillé, le barbeau. Pas encore. Pas avant d'être certain d'encaisser. La roupane noire qui gainait le corps de son doublard ne portait pas la griffe de Christian Dior. Y avait pas de pet que le gang de la couture en recopie le modèle. Non. Les harnais décarraient en droite ligne du passage Brady. Tout de même, ça jetait son petit jus. A vingt piges, n'est-ce pas...

Les clilles se farcissaient du champ' comme s'il en pleuvait. Y avait de tout parmi eux : des truands, des industriels, même une tablée de pedzouilles. Ces derniers n'étaient pas à la bourre pour la valse des bouchons. Y s'appuyaient leur piquette d'un seul trait, à croire qu'y s'croyaient dans leur cambrousse, au cul de leurs tonneaux de cidre. Leurs frimes étaient rougeaudes, leurs carreaux luisants. Leurs fringues reniflaient bien un brin l'étable, mais les entraîneuses ne s'arrêtaient pas à ces concetées. Plus souvent. Ces bouzeux vous possédaient de ces porte-biftons saucissonnés de caoutchouc! Au comptoir, perchées sur des tabourets, deux nanas se laissaient pincer les noix par des corniauds en goguette. L'une d'elles jeta un coup de saveur sur une équipe de mirontons qui venaient de soulever la tenture bleue de l'entrée et murmura à sa pote :

« Te détranche pas, Lily. La Mondaine... »

Pour que les caves qui les serreraient de trop près n'entravent pas, elle ajouta en verlen :

« Qu'est-ce qu'ils viennent tréfou les draupers à cette heure-ci? Pourvu qu'ils fassent pas une flera. Ça serait le quetbou; j'ai pas encore gnéga une nethu[1]. »

---

1. Le verlen, l'envers, n'est pas de l'argot. Employé cependant dans le milieu, plutôt par distraction. Une personne non initiée ne peut s'y retrouver – draupers : perdreaux; flera : rafle; quetbou : bouquet, etc., etc. [Ce fut en 1942 au Café de

Le micheton qui lui pelotait les fesses la regarda ébahi.

« Qu'est-ce que tu racontes, mon chou? En voilà une drôle de langue! »

La pute, auréolée d'une tignasse rousse, éclata de rire devant sa mine ahurie. Elle lui tapota la joue et lança, tournée vers le barman :

« Ray! Une autre rouille dans la glace! Ordre de ce monsieur. »

Le cave s'en ressentait peut-être pour la sœur, mais pas pour amincir son morlingue. Il leva une main timide.

« Voyons, mon trésor, rechigna-t-il... On n'a pas encore vidé celle-ci. »

Les mousmés, qui marchaient à la ristourne sur les bouteilles de champ', firent la grimace. La rousse n'en susurra pas moins :

« Comment? Un beau gosse comme toi! Si radin! J'l'aurais pas cru. »

Le branque, qui ressemblait comme un frère à Frankenstein, ronronna sous le compliment :

« C'est bon », dit-il.

Et en gaffant le barman :

« Vous pouvez mettre la bouteille. »

Le loufiat haussa discrètement les épaules. Y a longtemps qu'elle était prête, la bouteille!

---

la Poste, rue Damrémont, que Jeanoux des Chapiteaux, Milo de Belleville, Maurice l'Homme du Monde, Zazou, moi-même et quelques autres lançâmes le verlen. Ceci dans un but précis : ne pas être compris par flics et gestapistes qui roulaient dans les bars. Depuis, adoptée partout, la mode a fait florès. Jusqu'à des ministres qui en 1992 en usent à la télévision. *(Note de 1992.)*]

D'un coup de châsses exercé, le « principal » de la Mondaine scruta les tables, à la recherche d'un crâne possible à sauter. Que dalle. Même pas un malheureux tricard de sa connaissance. Il esquiva une moue désabusée, remercia le taulier du lieu de son invitation à trinquer et disparut, suivi de ses sbires. Sous l'auvent du Rêve-Bleu, il s'arrêta près d'un chasseur galonné, zieuta la rue où le néon des boîtes de nuit plaquait de l'arc-en-ciel sur les pavetons gras, puis s'informa, entre les dents :

« Alors Mimile, du nouveau?

— Rien pour l'instant, chef, murmura l'autre, feignant de l'ignorer.

— Pas d' came non plus?

— Non, chef. Pas en c' moment. Les revendeurs se la donnent depuis que vous avez cravaté l'équipe des Corsicos. On les voit plus par ici.

— Bon, au revoir. En cas d' nouveau, hein... »

A l'intérieur, toutes les loupiotes venaient de s'éteindre. Seul un projecteur éclairait le plateau. Une gonzesse s'y tenait, près d'un micro. Belle fille. Du genre Ida. En plus grand. La robe, qui la laissait à moitié à poil, étincelait d'un millier de paillettes. On pouvait gamberger longtemps avant de savoir comment elle avait réussi à se glisser dedans. Valait mieux pas essayer. La méningite était au bout. Au moindre geste, les paillettes clignaient de l'œil vers les spectateurs. Rien que de la regarder, les mâles s'autichaient. Elle goualait. Sa voix était rauque, un brin blasée, excitante.

A la table du Rital, César, son pote de Milan, n'en perdait pas une bouchée. A l'exemple de Mario, lui aussi était lingé de prem : des harnais de grand tailleur et des lattes en croco qui avaient dû coûter lerchem. C'était un p'tit mec mince, tout noir de peau et de cheveux : un nerveux. Il leva sa coupe vers la chanteuse et lui sourit avant de vider son guindal. Sur le plateau, la fille accusa le coup d'un éclair dans le regard.

Comme la lumière se rétablissait au milieu des bravos, César se pencha sur Mario et jacta en rital. Aussitôt l'Italien, du doigt, appela le maître d'hôtel.

« Léon, deux lacsés pour toi si tu réussis à baratiner la chanteuse pour qu'elle vienne trinquer, dit-il. D'accord ? »

Le larbin se cassa en deux, sa queue-de-pie à l'horizontale.

« J'veux bien essayer, monsieur Mario, chuchota-t-il. Seulement j'dois vous avertir, elle est maquée avec un des frères Sora.

– Et alors ! répliqua Mario. Qu'est-ce que ça peut nous foutre ? On a rien à voir avec ces types-là, nous ! Mon pote à l'intention de s' l'envoyer en micheton. Pas autrement. Qu'est-ce que tu croyais ? »

Dix minutes plus tard, la chanteuse revint. Elle avait chanstiqué ses paillettes pour une roupane de satin noir tout aussi collante. Un genre de robe à détrancher un cureton de son confessionnal.

Très homme du monde, Mario se leva, fit les présentations.

« Monsieur César, dit-il, désignant son pote. Excusez-le, parle pas le français. Voici Ida, ma femme, et son amie, Gaby. »

Les trois frangines s'expédièrent des sourires de commande. La goualeuse posa son faubourg sur un siège capitonné. Empressé, le petit César lui tendit un godet. Elle leva le bras; l'un de ses roberts faillit jaillir hors de l'étoffe. Le p'tit Rital en avala de travers.

« Maestro! » gueula-t-il, tourné vers l'orchestre.

Le violoneux s'amena, crincrin sous le bras.

« Monsieur désire? » s'informa-t-il, un sourire de trois thunes au coin des lèvres.

De l'œil, César interrogea la chanteuse.

« *La vie en rose* », murmura celle-ci.

Aussi sec, le chef d'orchestre se cala son stradivarius balourd sous le menton et commença à le balayer de son outil. Sous la table, les pompes en croco de César frôlèrent les vernis de la gonzesse en satin. Yvonne, à qui le Piper Hiedsick millésimé tournait le cigare, leur décrocha un œil humide. Sentimentale qu'elle était, c'te môme!

D'un coup de coude, Ida la rappela à l'ordre.

« T'occupe pas d'eux. Tu ferais mieux d'mater vers la table des culs-terreux. Tu vois pas qu'y en a un qui t'tire dedans? Une touche, mon p'tit. »

Son numéro terminé, le maestro, au gardeà-vous, attendait. Discrètement, César qui, s'il n'entravait pas le français, connaissait les usages, lui refila un bifton de cinq lacsés. A la vue du grand format, les yeux de la chanteuse s'attendrirent. Son genou se frotta à celui de César.

Mario les lorgna un instant, puis jeta brutalement au milieu de la carante :

« Combien que tu prends pour la noïe? »

Pas fleur bleue pour un sou, le Mario!

La chanteuse amorça un haut-le-corps offusqué, mais laissa tomber carrément :

« Vingt sacs.

— D'accord », fit Mario.

Il se pencha vers son ami, chuchota à son oreille. Les paupières du p'tit spaghetti s'abaissèrent en signe d'assentiment. Il se leva, envoya le serbillon à la chanteuse et l'embarqua dans son sillage.

Ida les regarda s'éloigner, puis se tournant vers son homme :

« La môme Yvonne a un ticket... Avec le bouzeux là-bas... Qu'est-ce t'en dis? »

Mario parla à travers la flamme de son briquet 18 carats :

« Pourquoi attendre... Faut qu'elle débute... Envoie-la... »

Et il tira sur sa Lucky.

Telle une institutrice, Ida donna ses dernières recommandations à la nouvelle :

« Fais-toi cigler en arrivant dans la piaule. Avant de faire quoi que ce soit, hein! Te laisse pas culbuter à l'œil. Oublie jamais qu' les hommes sont généreux avant, mais durailles à la détente après. Compris?

– Pour qui qu' tu m' prends! répliqua Yvonne. C'est pas difficile. »

Ida haussa ses belles épaules.

« Tu crois! Maintenant, vas-y. Tout droit aux lavabos. Et n'oublie pas de marcher comme je t'ai appris. En passant devant le cave, tu souris. Pas trop.

– Mais j' pourrai pas lui parler, s'affola la môme, réalisant subitement. J'oserai jamais... »

Ida soupira :

« Quelle truffe tu fais, ma fille. Pas besoin d' lui jacter. Y va t' filer le train aux tasses. C'est lui qui t'attaquera. T'es bouchée, non? »

Comme de juste, le lavedu fonça dans le piège. Quand elle revint s'asseoir, la môme croyait avoir décroché le Prix d'Amérique. Elle pétait d'orgueil :

« Ça y est. J'ai rencart tout à l'heure. Seulement, il veut que tu viennes aussi, pour tenir compagnie à un d' ses copains. J'ai dit qu' Mario était notre cousin.

– Pas mal », félicita ce dernier en se levant.

Il sortit une poignée de talbins pour douiller l'addition, se courba sur la main des dames cérémonieusement et, très digne, alla chercher son lardeuss au vestiaire.

Y en avait deux, à la carante des pecquenots qui, d'un geste conquérant, remontaient leur cravate de la Belle Jardinière. Ils y croyaient, les mecs...

*

Le petit César s'arrêta, plein d'impatience, sur le seuil de la strasse où la goualeuse l'avait emmené. Mignonne cette turne! Vraie cabince de paquebot. Des hublots partout. Des poiscailles qui se baguenaudaient dans un vivier peint en vert clair. Sur les murs, des mousmés les nichons en batterie. Et, dans tous les coinstots, des loupiotes invisibles qui rayaient d'éclairage tendre les tentures qu'avaient dû en lorgner de drôles. Au fond du gourbi, un pucier large et bas appelait aux partouzes.

Le petit Italien se détrancha sur la femme de chambre. Pour une larbine, elle était drôlement lingée. Des trucs en dentelle sur le trognon, autant autour de la taille. Ses tatanes noires à hauts talons donnaient de la cambrure à ses belles gambettes gainées de 44 fin, noirs eux aussi. Joli p'tit lot! César lui repassa un fafiot et s'enquilla dans la carrée.

« Viviana », dit-il.

Son nom... tout ce qu'il connaissait du sujet qu'il allait se farcir. Son blaze, il l'avait lu sous une photo d'elle, en décambutant du Rêve-Bleu.

« *Si, signor* », dit-elle.

Elle croyait mariole de lui jaspiner en rital. Pour ce qu'elle en entravait...

« *Sciampagna?* proposa César tout en sourire.

– *Si, signor* », renvoya la sœur.

D'un doigt autoritaire, elle rappela la soubrette de vaudeville, et passa la commande.

La gosse ralégea peu après, portant dans ses bras une marmite où ronflait une rouille de champ' entourée d'icebergs. Elle la déposa sur une table en espèce de marbre, fit une courbette qui accusa la rondeur de ses noix et se tailla.

César zieuta la Viviane. Ses crocs étincelaient d'un nouveau sourire. Santa Madonna! Elle lui bottait cette nana. Quel gabarit! Il s'approcha d'elle, lui cercla la taille de ses bras nerveux, voulut lui lécher le museau. Elle le repoussa doucement, le gaffa d'une drôle de façon...

Il pigea aussi sec. Pas borné, le César. Il décarra de ses profondes un packson de laissez-passer et lui allongea vingt sacs. Au crissement des talbins, la bouille de la pépée s'alluma. Elle ne paraissait pas cracher sur le flouze, la vedette du Rêve-Bleu! Ces formalités remplies, César l'attira tout contre lui et lui roula un patin. Cette fois, la frangine se laissa faire. Elle écarta ses lèvres et sa menteuse s'affaira. Ça l'échauffa sérieusement le p'tit mec. Il entama séance tenante une séance de pelotage maison. Elle se laissa pétrir le valseur quelques instants puis, d'un clin d'œil coquin, lui montra la salle de bains. Il la regarda se dépouiller de ses harnais. Comment qu'elle était culbutée, la Viviane! La Vénus de Milo? Une tarderie à côté.

A peine fut-elle zonée dans le grand paddock qu'il la rejoignit. Il avait fait vinaigre à se déloquer; ses fringues, jetées un peu partout, soulignaient sa hâte. Lorsqu'il la prit, ce fut une révélation. En moins de deux, il s'envoya en l'air. Il en restait comme deux ronds de flan. D'habitude... Ainsi, c'était pas du pour ces salades de romanciers? Ces trucs d'amour, d'épiderme et tout le bastringue? Exactement ce qu'il venait d'éprouver. Il en était baba. Maquarelle! Jamais il n'avait relui à ce point.

Une plombe plus tard, quand ils éteignirent les calbombes, il la serra contre lui et s'enroupilla, niché contre sa poitrine. Qu'elle sentait bon, Viviana...

CHAPITRE IV

Vers la même heure, à cent mètres du Rêve-Bleu, Tony poussa la lourde du Cimeterre-d'Or. Il était seul. Sait-on jamais... Pourquoi mouiller le Suédois dans une histoire de sœur? Il ne l'avait pas affranchi de sa décision. Ça valait mieux. Surtout qu'on l'avait rencardé : Mado, son ancienne, s'était remaquée avec Pierre Sora. Un tocard, soi-disant.

Ces bics[1]!... Y se croyaient tout permis. Embal-

1. Pas plus en 1953, date où j'ai écrit ce bouquin, qu'en 1992 où je le révise, je n'ai ressenti une animosité quelconque envers un groupe. A la place d'Arabes, j'aurais aussi bien pu utiliser des Hollandais, Chinois, Wisigoths... Pour moi, race, religion... bof. Un homme est moche ou non. Le reste... D'autant qu'avant-guerre j'avais noué de rudes amitiés avec des gars de l'Atlas. Tels Ahmed de Levallois et surtout Bicot-Mohamed, mon frère de galère avec lequel, à dix-huit ans, j'ai déchargé les péniches de Poliet et Chausson sur le canal Saint-Martin. Sans lui, sans son aide chaleureuse, alors que titubant de fatigue, usé par les privations, sans foyer, sans toit, je me coltinais des sacs de ciment, je me serais écroulé. Plus de soixante ans après, je lui ai rendu hommage dans *Mes Mémoires* (Editions du Rocher). *(Note de 1992.)*

laient les gonzesses sans même chercher à savoir si elles étaient maridas. Se demandaient même pas s'il y avait une amende en suspens à verser à un homme. Les Crouilles qui vivaient à Paris avant guerre, eux, oui, ils respectaient le code. Mais les nouveaux débarqués...

Depuis la Charbonne, ils avaient fait tache d'huile. Le Barbès d'abord. Après, en loucedé, ils avaient pris du galon : Anvers, Pigalle, Blanche, Clichy. A présent, ils attriquaient la plupart des boîtes, des bars, des hôtels de Montmartre. Les Corses, dans le temps les caïds du secteur, avaient presque passé la pogne. Incroyable. Maintenant, les Troncs se risquaient jusqu'à l'Opéra, les Champs-Elysées. Où s'arrêteraient-ils? Coriaces, les mecs. Ils fonçaient dans le brouillard avec un toupet de commissaire. Aucun des battants d'avant guerre pour les freiner dans leur progression. Il est vrai que les anciennes vedettes du mitan s'étaient pour la plupart mouillées avec les Frizous. Sinon, ils étaient en cavale ou cannés. Les autres, avec l'âge et le pognon, s'étaient retirés du circuit.

Mado était là, à une table, en train de pousser un clille à la consomme. Elle sursauta en repérant le Stéphanois. Puis blêmit. Ses tripes se nouèrent. Lui? Ici? Dans l'une des taules aux Sora? Il n'y avait que Tony pour ces coups d'audace. Malgré elle, après tant d'années, elle se sentit mollir. Presque de la pitié qu'elle ressentait. Ce qu'il avait cambuté. Ses tifs grisonnaient aux tempes. Il paraissait mal en point. Fringué de sombre, il était. Ça accentuait sa pâleur. Il n'avait pas quitté son bada au bord rabattu devant ni son lardeuss au col frileusement relevé et tenait ses mains au fond de ses glaudes. Son œil luisait. Sans se soucier de personne, sans se presser, il s'avança vers Mado. Affolée, elle chercha des châsses l'un des trois Sora. Y en avait pas. Aucun.

Tony s'arrêta devant la carante.

« Vous, le nave, barrez-vous! fit-il au gonze qui le contemplait, ahuri.

— Mais, monsieur... protesta l'autre, coiffé d'un grotesque bonnet en papelard.

— Fais ce qu'il te dit, mon chou », soupira Mado.

Le type se dressa en titubant. Pour sauvegarder sa dignité de mâle, il esquissa un mouvement de rébellion. Puis se ravisant devant les yeux durs braqués sur lui, il exhiba son morlingue.

« Garçon!

— Laissez, fit Tony. C'est pour moi. »

Le branque, estomaqué, ouvrit des carreaux géants. Ben vrai, s'il s'attendait à celle-là! Il joignit les talons pour saluer, manqua se foutre la gueule par terre et, tournant le dos, gagna le bar.

« Alors, Mado! fit lentement Tony, en s'asseyant. On est revenue? »

Leurs yeux se croisèrent. La fille baissa les siens la première.

« Oui, dit-elle. J'ai cru...

— Que j'étais clamsé! Tu t'es gourée, mon p'tit. Va falloir casquer, maintenant. Allez, en route! »

Et à l'un des larbins qui s'amenait en courant :

« Je sais! Pas le droit de garder mon galure sur la tête. C'est bon... Mets-la en veilleuse, mon vieux, et balance l'addition, vite. »

Sans regarder la note, il jeta quinze sacs sur la table. Mado chercha du regard un secours autour d'elle. Tony doucement ironisa :

« Ton Jules est pas là? Dommage, hein? Ses frangins non plus? Quelle poisse... »

Elle l'implora du regard. Mais ses yeux à lui étaient illisibles. Glacés. Aussi dénués d'expression que des billes de verre.

Soulevant légèrement sa paluche droite planquée dans la poche de son pardessus, il la prévint sans desserrer les lèvres :

« Si tu ne viens pas... »

Elle fut à un poil, comme le Niçois l'avant-veille, de lâcher tout sous elle. Peut-être avait-elle plus de cran. Elle se mit debout. Il lui emboîta le pas jusqu'au vestiaire. Quand elle tendit son tickson pour récupérer son astrakan, un gonze au teint cuivré, tatoué sur le front, s'approcha :

« Que se passe-t-il, Mado? Qui c'est, ce type? »

Elle ne répondit pas. Elle ne pouvait plus en bonnir une. Ses lèvres blanches étaient soudées l'une à l'autre.

Le mec en smoking se retourna sur Tony :

« Je suis le gérant, monsieur. Pourrais-je savoir...?

— Y a rien à savoir. Ou plutôt si, ajouta Tony,

fouillant le gniard de ses yeux froids. Tu diras à tes tauliers que Tony est venu rechercher sa gonzesse. Tu t'souviendras? Tony... Tony le Stéphanois. »

Le gérant était trop jeune pour avoir connu Tony, mais il avait dû entendre parler de lui, car il s'écarta instinctivement.

Un mince sourire vint éclore au coin de la bouche du Stéphanois.

*

En décarrant du Cimeterre-d'Or, Tony siffla du côté d'une file de taxis. Le bahut, qui était en tranche, démarra et vint s'aligner devant eux.

« Tiens, m'sieur Tony! s'exclama le nuiteux au volant. Un bail qu'on s'est vu! »

Le Stéphanois dévisagea l'homme, le retapissa et sourit :

« Alors, pépère, toujours sur l'tas? Pas encore dételé?

— Eh, non! s'esclaffa le vieux en grattant sa tignasse blanche. C'est trop duraille, la vie, maintenant. Pas moyen de mettre une bougie de côté pour les vieux jours. Où j'vous mène, m'sieur Tony? Aux Halles? »

Le Stéphanois secoua la tête, lança son adresse et ouvrit la portière. Il aida Mado à grimper et s'entifa dans le G-7. Ça lui plaisait que le vieux l'ait redressé. C'qui prouvait qu'il était encore présent dans le souvenir de certains. Il est vrai que les nuiteux, c'est un monde à part. Ils l'avaient tellement trimbalé jadis... Le vieux avait même été jusqu'à se rappeler qu'il achevait ses noïes aux Halles. Pourtant plus de cinq berges qu'il ne l'avait chargé!

La mémoire du chauffeur avait replongé Mado en arrière. Au bon temps. Elle avait été heureuse avec son Tony. Plus qu'aucune autre gonzesse du mitan. Si à l'époque elle se défendait, c'est qu'elle le voulait bien. Tony ne lui avait jamais forcé la pogne pour qu'elle écrase les michetons. Il était pas hareng pour un rond. Du pognon des sœurs, il s'en foutait comme de sa première limace. Jamais il n'avait compté sur elles pour briffer. Il se jugeait assez marle pour remonter l'oseille tout seul. Ça lui avait toujours réussi, jusqu'au jour...

Rencognée sur la banquette, Mado lui lança un clin d'œil rapide. Elle n'était pas fière d'elle. Ah non! Y avait pas de quoi. Une fois son homme enchtibé, elle l'avait laissé choir, salement. Elle ne l'avait pas assisté dans le ballon, n'avait même pas carmé les premiers honoraires du débarbot. Quelques jours après l'emballage de Tony, elle s'était fait la malle avec un jeunâbre, un corniaud qui avait de la prestance, mais rien dans le gadin. Y n'avait pas fait long feu, le don Juan. On l'avait retrouvé à Montparno devant le Jockey avec un chargeur dans le baquet. Là, Mado avait vu la main du Suédois. Elle s'était taillée fissa pour l'Espagne. Elle s'en ressentait pas pour le Boulevard des Allongés. Avec le Suédois, le pote intime de Tony, ç'aurait été du cousu main si elle s'était entêtée à rester à Paris.

Mais Pierre Sora l'avait obligée à revenir dans la capitale. Six marquotins auparavant, il l'avait levée à Tanger et, après un baratin maison, l'avait ramenée à Paname. Ça ne faisait qu'une dizaine de jours qu'elle recommençait à turbiner.

Elle n'avait pas grand-chose à affurer avec son nouveau Jules. Pour ce qu'il y avait à retrousser avec les bics, à part des jetons...

Tony l'aida à décambuter du bahut, douilla royalement la course et entraîna Mado vers un immeuble neuf.

Un ascenseur les déposa sur le palier du troisième étage. Tony déboucla la lourde, s'effaça. Mado eut un mouvement de recul. Le Stéphanois, d'une baffe, l'envoya dinguer dans l'entrée de son studio. Puis il alluma l'électricité, reboucla sa porte, poussa la fille dans la grande pièce rupinement meublée, vers un fauteuil.

« Assieds-toi! »

Elle obéit. Il s'approcha de la cage de ses piafs, la recouvrit d'un voile. Puis, ôtant son pardessus, son chapeau, il les jeta sur le divan.

« Allons-y, maintenant, j't'écoute », fit-il.

Il la clouait du regard dans le fond de son fauteuil :

« T'en as à me dire, pas vrai? »

Elle courba le front.

« Ben Tony... tu sais, j'ai... »

Il alluma une pipe, toussa, cracha dans sa pochette. Mado repéra la traînée rouge qui aussitôt macula le tissu. Elle se sentit fondre. Ses bras s'élevèrent comme pour une protection. Mais sous le regard du Stéphanois, elle n'alla pas plus avant.

« Eh bien, constata Tony, t'es devenue amnésique? J'vais te rafraîchir la mémoire. T'as pas pu attendre de connaître mon sapement pour me valiser, hein? Pourtant, j'avais pas encore passé aux assiettes. J'pouvais morfler moins de cinq longes, revenir plus vite. Seulement, Madame, ça la démangeait. Cinq piges, vous pensez. Elle a pas voulu patienter. Le premier mironton venu, elle se l'est envoyé... Ordure! »

Il écrasa sa cigarette sur une soucoupe, enchaîna sans s'énerver :

« Ça, c'est pas le plus grave. Non. Ce qui compte, c'est que t'as mis les adjas avec mon pognon et que t'as fourgué mon appartement. Le plus grave, c'est que tout cet artiche, tu l'as becqueté avec ton gigolpince et qu'il a cru q'c'était arrivé. T'as profité que le Suédois était en cavale en ce temps-là, qu'il pouvait pas se montrer. Heureusement... »

Tony s'en alla vers son bar et s'y fada une rasade de fine. Il n'en proposa pas à la sœur. Le glass en pogne, il vint se planter devant elle, silencieux. Il la gaffa quelques secondes, puis :

« Débarrasse-toi de cette bagouse. Mets-là sur la carante. »

Mado tressaillit. Son regard heurta en vain celui de son ancien homme.

« Voyons, Tony... Si Pierre Sora s'aperçoit...
– Ta gueule! Fais ce que j'te dis. »

Mado, dans un soupir qui n'en finissait pas, fit

glisser de son doigt un blanc bleu de quatre carats. Pas du toc. Une fortune, qu'elle serrait dans le creux de sa griffe.

« Alors? » fit Tony.

Elle allongea le bras; le diam roula sur la table basse.

« Ton bracelet, maintenant. »

La nana, instinctivement, essaya de planquer l'objet sous la manche de son astrakan.

« J'ai dit ton bracelet! »

La pièce en jonc, qui pesait son compte, alla rejoindre le diam.

« Ta croix », poursuivit Tony impitoyable.

Son ancienne Julie se dressa brusquement. Ses deux paluches serrèrent, comme pour le protéger, son bijou en platine où étincelaient des brillants.

D'une mandale sur le museau, le Stéphanois la claqua. Elle retomba dans le fauteuil, sa face enlaidie par la haine.

« Ta croix! » gronda-t-il.

Elle tira nerveusement sur la chaîne qui cassa. D'un sursaut de rage, elle balança le tout sur la table.

Tony avala une gorgée de sa gniolle :

« Ta pelure à présent. »

Cette fois, elle ne réagit pas. Elle se dépouilla de son manteau, qu'elle laissa pendre derrière elle...

« Salaud! pensait-elle. Attends que les Sora te mettent la patte dessus. Tu vas voir c' que tu vas déguster! »

Il dut lire en elle car il ricana :

« Oublie pas d'affranchir ton Jules que c'est

moi qui t'ai débarrassée d'tes bricoles. Oublie pas, surtout. Et pendant que tu y es, oublie pas non plus de dire à tes amis les ratons que j'les emmerde. Tu te souviendras, oui? »

Et sans prévenir, il lui balança verre et contenu en pleine poire. Elle fut longue à la parade. Quand elle fonça, griffes dehors, il la chopa d'une droite sous le menton. Elle s'affala en hurlant. D'un coup de grolles dans les osselets, il la fit taire.

Le souffle court, elle restait là, étendue sur l'Aubusson. L'alcool dégoulinait sur sa robe plissée dans le bas. Le godet avait entaillé sa joue d'où le raisin perlait.

Il la laissa récupérer. Elle se releva, matée. Tony, c'était un homme comme elle les aimait. Elle lui glissa un long regard en coulisse où perçait le respect de la force. Puis, s'approchant de lui, en ondulant de la croupe, elle murmura doucement :

« Tony, si tu voulais... »

Le rire qu'il poussa la fit rougir jusqu'aux esgourdes.

« Sans blague?... »

Il rigolait dur :

« Tu vois pas la frite que t'as. T'es juste bonne à servir de viande aux bics, à présent. Et encore... »

A l'admiration, dans l'œil de Mado, succéda une lueur de meurtre. Elle écumait :

« Fumier! Attends que Pierre soit au parfum. Tu verras... »

Le regard bizarre de son ancien homme lui coupa le sifflet mieux qu'un coup de trique sur le coin de la tronche.

« Tony, s'affola-t-elle. Tony... Reviens à toi... A quoi qu' tu penses? »

Le Stéphanois continuait de la scruter. D'une voix morne, il dit enfin :

« Désape-toi. »

Elle s'étonna :

« Oh! Tony! Tu veux vraiment? Oh! Tony! »

En moins de deux, elle avait tiré sur une fermeture Eclair. Sa robe coula à ses pieds.

Le Stéphanois ôta son alpague et déboucla la ceinture en croco qui maintenait son falzar.

La gonzesse avança vers lui, bras tendus, corps offert. En dépit de ce que Tony venait de lui bonnir, elle était toujours gironde. Un truc en dentelle noire lui voilait les nichons. A peine. Un p'tit grimpant, de même came, lui collait aux fesses. Il planquait pas grand-chose, lui non plus. On pouvait mater à travers. C'était pas si loquedu, comme tableau. Les bas noirs, eux, étaient plus discrets; ils montaient haut sur les cuisses d'un blanc de lait. Des jarretières roses les empêchaient de se tracer.

Mado expédia à Tony un coup de saveur à faire se pogner un collégien. Elle gambergeait : « Ben vrai, j'suis veinarde qu'il s'en ressente encore après le tour de vache que je lui ai joué. Mince de chance. J'vais pouvoir récupérer mes diams. Tout de même, ce qu'il a changé. Dans le temps... »

Elle s'avança vers lui, d'une démarche qu'elle savait hors concours. Elle minaudait :

« Mon Tony ! Enfin, j'te retrouve. »

La ceinture en croco siffla dans l'air et s'abattit, lui zébrant la poire. Elle hurla. Le second coup lui avait déjà entouré les épaules, brûlé la pointe du sein droit. Tony tira sèchement à lui : le chiftir de dentelle voltigea dans la piaule. Les hurlements de Mado, c'était quelque chose. De ses paluches aux ongles laqués, elle tenta de se protéger la figure. Pour ce que ça servait ! Le cuir la fouailla au ventre. Elle y porta ses mains. Le cuir lui cingla la gueule. Elle releva les bras. La ceinture la mordit aux hanches. A tout coup, le Stéphanois faisait mouche. Quand elle s'écroula dans le fauteuil, Tony ne rengracia pas pour autant. Il poursuivait sa vengeance. La frangine ne braillait plus. Plus la force. A moitié dans le cirage, qu'elle était. Et plus rien sur la viande. Ses frusques s'étaient dispersées aux quatre coins de la carrée. Ses nylons, en loques, pendaient sur ses pieds. Sa chair tendre, sous les jetons, se fendillait par endroits et laissait pisser le sang.

Le Stéphanois ne s'arrêta pas. Où puisait-il sa force ? De la sueur inondait sa frime de tubar.

Soudain, cassé net ou comme, le cou de la pute roula sur l'accoudoir du fauteuil.

Tony s'épongea le front. Il haletait... Il se courba sur la peau dénudée, sanglante, et colla son oreille contre un sein tuméfié. Puis il se redressa, haussa les épaules, et remit la ceinture dans les passants de son froc.

Après avoir allumé une pipe, il se dirigea vers la cuistance où il resta un bon moment. Quand il en revint, la gonzesse n'avait pas bougé. Tony la regarda et, brutalement, lui plaqua un fer à repasser sur la poitrine. Elle ne broncha pas. Il appuya un peu plus : une odeur de grillé envahit la turne. Comme secouée par une décharge électrique, Mado sauta en l'air. Elle ne pigea pas sur-le-champ. C'est la douleur qui la rencarda. Elle porta la pogne à son sein brûlé et se mit à gémir :

« Tony... Oh! Tony... Qu'est-ce que t'as fait? »

Sur sa couenne, le fer avait laissé une marque brune comme sur une planche à repasser. Elle était marquée. La Mado. Et bien. Le truand lui jeta sa robe à travers la gueule, s'en fut vers la lourde, la déboucla, alluma la minuterie de l'escalier.

« Calte, maintenant!
— Tony! Pas comme ça... J' tiens pas debout.
— Débine! » cria-t-il de l'entrée.

Le corps en feu, les reins brisés, elle enfila sa robe et roula sur ses chevilles ce qui lui restait de bas. A pas hésitants, elle se traîna vers la porte. Le raisin et les larmes délayaient son fard.

Les narines du Stéphanois se pincèrent. Les os de ses mâchoires contractées accusaient la creusure des joues. Brusquement, il empoigna son ancienne gonzesse par le bras et la vira sur le palier. Elle roula jusqu'aux marches, stoppa à temps et se mit à quatre pattes. Les épaules secouées de sanglots, les cheveux lui balayant la poire, elle se releva comme une fille saoule et commença de descendre. Un poids noir, tout à coup, lui rasa le crâne et tomba à ses pieds : son astrakan. Elle se retourna vers Tony. Un objet dur l'atteignit au front : son bracelet. Quelque chose d'autre rebondit de marche en marche : sa bagouse. Mado se baissa. Un choc sur le mur : son collier venait d'y cogner, violemment.

Le Stéphanois reboucla sa lourde d'un coup de pompe.

CHAPITRE V

Trois plombes du mat.
La lansquine tombait depuis la veille. Elle ruisselait sur les cirés des flics à vélos, rebondissait sur les pavetons après avoir décrassé le pare-brise de quelques taxis chargés de clilles.

A leurs bouts de bois, les chauffeurs de bahut se la donnaient. Ils se méfiaient de leurs voyageurs. Deux, trois triages par marquotin, un des leurs se faisait buter par des jeunes truands à la dérive. Jeunes truands? Pas même. Des cinglés, oui, qui s'étaient tracés du gourbi paternel, qui vous assaisonnaient un gonze pour lui engourdir son morlingue, lui étouffer ses trois, quatre sacs. Des clous, quoi. De jeunes fondus que guettaient, s'ils étaient bourrus, la bascule à Charlot ou les durs à perpète.

Au fond d'un passage, une traction, tous feux éteints, était planquée. Dans la grande avenue, une autre traction, avec antenne celle-là, maraudait. Cinq lascars l'occupaient : feutres mous, riders de confection, mines à l'affût, de l'artillerie à portée de leurs pognes : les perdreaux d'une territoriale.

L'un d'eux jeta un coup d'œil sur un immeuble cossu, au rez-de-chaussée bardé de ferraille : la Bijouterie Barier. La baraque lui parut peinarde. Aucune lumière. Les habitants, des rupins, devaient tous pioncer. La mastoc devanture qui protégeait la joncaille des frères Barier semblait bien rebelle à tout fric-frac. Son aspect rébarbatif rassurait la maison poulagas. D'ailleurs, un signal électrique reliait la boîte au quart le plus proche. Inviolable, qu'elle était, cette citadelle des joyaux! Le poulardin détourna son regard. La bagnole poursuivit sa ronde.

Dans le luxueux gourbi situé au-dessus du magaze Barier, le Suédois, à genoux au centre de la salle à becqueter, s'affairait. L'équipe le gaffait sans en bailler une. A quoi bon jacter? Une berlue bouchait la grande fenêtre donnant sur l'avenue : une couverture enlevée au plumard des problocs trissés sur la Côte d'Azur.

D'un revers de manche, le Suédois essuya son front trempé de sueur et se remit au boulot. De sa dingue, il souleva les lattes du plancher encaustiqué à glace. Elles cédèrent avec un craquement. Il en balança les morceaux sur un tapis moelleux. Puis, une masse et un poinçon dans les griffes, il attaqua la maçonnerie. Il avait pas mégoté, l'entrepreneur. Ça paraissait duraille, sa camelote. Mais le Suédois était assez baleste pour en venir à bout et sans faire trop de boucan. L'acier de sa masse enveloppé d'une grosse chaussette de laine, enfonçait avec précision le poinçon d'acier qu'il étreignait de sa paluche gauche gantée de cuir souple.

« Chut, Jo! souffla subitement Tony, debout près de la fenêtre. Rengracie... »

Le Suédois tourna la tête vers son pote : son outil tout à coup immobile en l'air. Sous ses sourcils blonds, ses carreaux, d'un bleu délavé, lancèrent une muette interrogation.

Tony demeurait la main gauche levée, l'oreille tendue. Son bras droit pendait au long de son corps; son poing se crispait sur le P.38 chouravé au Bordelais.

Une sirène de Police Secours miaula... Le cri s'enfla. Un grondement de moteur, des chuintements de pneus... Le bruit s'éloigna. Du suif dans Montmartre, probable...

Le Suédois se remit au labeur. Patiemment. Soigneusement. Et les minutes s'écoulaient...

La carrée s'enfuma progressivement. Sur une desserte, une gonzesse grasse à lard zieutait de son cadre doré la mise en l'air de sa salle à manger. A présent, une fine poussière de plâtre et de ciment recouvrait le costar bleu, bien coupé, du Suédois. A un cheveu près, il rattrapa son long poinçon qui venait de glisser dans le vide. Il l'ôta, se pencha : un courant d'air vint effleurer sa joue bronzée. Il sourit, reprit ses outils, agrandit le trou, frappant à coups légers, quasi silencieux. Au bout d'un instant, il reposa ses clous.

« Pébroc! » murmura-t-il.

Mario décroisa ses jambes, quitta le fauteuil d'où il matait le turbin et apporta l'objet.

Le Suédois enfonça dans le trou le parapluie fermé. Quand il arriva au manche recourbé, il le lia solidement à une barre transversale qu'il laissa venir sur le plancher. Du pouce, il appuya sur le ressort et le pébroc s'ouvrit au-dessous.

Quelle gueule ils auraient fait, les Barier si, entrant dans leur magaze, ils avaient vu ce champignon collé au plafond!

Jo se remit en action. Maintenant, il cognait plus fort sur le poinçon : les gravats dégringolaient, sans barouf, dans le pépin. Plus de pet qu'en tombant ils écrabouillent les vitrines du marchand de jonc.

Un turbin propre, discret, un travail d'orfèvre...

Du menton, Mario fit le serre au p'tit César. Ce dernier s'amena, très digne, lardeuss croisé, bitos incliné sur l'oreille, ganté de beurre frais. Où qu'y se croyait le p'tit Macaroni? A une soirée dansante? Il gaffa le boulot du Suédois, jaspina en rital à Mario qui répliqua de même. Puis, Mario s'adressa en fransquillon au Suédois :

« Laisse tomber, Jo. Ça ira. On peut descendre. »

Avec beaucoup de précautions, le Suédois remonta un à un les gravats qu'il entassa près de lui. Il dénoua la fiscaille qui maintenait le manche et, après avoir rebouclé le pébroc, le regrimpa. Désormais, le trou était assez largeot pour laisser passer deux mecs aussi fluets que les Ritals. Tony renquilla son flingue dans la ballade de son pardessus et prit à ses pieds un rouleau de corde qu'il apporta aux artistes.

Les deux Italiens venaient de se désaper, ne gardant que leur froc, leurs gants et leur pull-over. Finies les gravures de mode. On reniflait qu'ils étaient dans leur élément.

Le Suédois attacha une extrémité du cordage à la barre transversale et laissa filer l'autre par l'ouverture. Une lampe électrique et une pince aux branches caoutchoutées dans les profondes, le p'tit César descendit en souplesse. Les trois autres, penchés sur le trou, s'immobilisèrent, frime tendue, nerfs bandés. Le moindre faux mouvement de César, et c'était cuit. Quelques allées et venues discrètes au-dessous d'eux, quelques bruits secs vite étouffés, puis la corde s'agita. Un mot en sourdine monta vers leurs trois faces au ras du trou : *Va bene!* Les frites des trois se détendirent. Un soupir de soulagement s'exhala de leurs poumons.

Mario, à son tour, se laissait glisser le long de la corde. Après quoi, Jo remonta celle-ci, y attacha une grosse valdingue et renvoya le tout aux Ritals.

Tony, lui non plus, ne restait pas à rien foutre. Après avoir ouvert une autre valouse, il en sortit un long fil électrique qu'il déroula. Il brancha un des bouts sur une prise et fit dégringoler l'autre au rez-de-chaussée. Puis, Jo et lui, dans l'attente, s'installèrent au bord du trou.

Feutré, presque imperceptible, le ronronnement

d'une chignole électrique arrivait jusqu'à eux. Le timbre d'une ambulance lança ses notes impératives loin dans la nuit. Tony décarra un plan de sa vague et se courba dessus. Du doigt, il suivit l'indication du gonze qui leur avait balancé l'affaire.

« Ça doit coller, Jo, murmura-t-il. Le p'tit César a l'air d'en connaître un rayon. T'as vu comme il a fait vinaigre pour cisailler les fils? Et sans se gourer. Un crack, ce gniard. Au bout d'une plombe, il connaissait déjà le plan par cœur. »

Il allongea le bras vers le paquet de pipes de son pote et poursuivit, une nuance de respect dans la voix :

« Qu'est-ce que t'en penses? Il a l'air fortiche, le gars... Y me semble que Mario nous a pas charriés. Hein? »

Le Suédois opina du crâne. Lui aussi faisait confiance au p'tit César. Il lui bottait, ce gonze. Il paraissait avoir des couilles. Et, en plus de ça, décidé, sûr de lui. D'ailleurs, il n'y avait que les Italiens pour mettre au pli le « Fichet » des frères Barier. Ça réclamait du doigté. Faut être connaisseur. Et c'est vrai. Pour ce qui est de faire péter un coffiot, les Ritals sont les rois. Dans le monde entier, ils passent pour les meilleurs spécialistes. C'est pas du vent. Imbattables qu'ils sont, les joueurs de mandoline, dans ce genre de casse. Si Jo et Tony, par l'entremise de Mario, avaient décidé de faire grimper un étranger à Paris, c'est qu'il leur fallait une épée. Un super-champion.

Les trois, quatre mirontons connus d'eux, capables de réussir un tel coup, n'étaient plus dans la course. Pour cause. Aux durs qu'ils étaient. Pour un bail.

Le Suédois consulta la toquante fixée à son poignet : un chrono suisse passé en fraude, comme de juste. Quatre plombes! Merde! Le temps filait. Jo se flanqua à plat ventre, mata dans le trou. La chignole poursuivait son p'tit bonhomme de chemin. De sa placarde, Jo ne pouvait pas bigler les Ritals. Ils opéraient sur la droite, là où une lumière falote virevoltait. Il se pencha jusqu'à ce que ses épaules trop larges l'empêchent d'aller plus avant. Cette fois, il put gaffer les deux lascars. Y poinçaient pas, les casseurs. Non. Le p'tit César, accroupi, la bouille impassible, bossait en silence. Près de lui, Mario, avec une burette imbibait le foret. Un mégot fumait au coin de ses lèvres.

Soudain, brutalement, le foret péta.

« *Porco Dio!* »

Rapidement, Mario aida César à cambuter l'outil. L'autre, aussi sec, se remit à opérer.

Le reflet des loupiotes portatives éclairait par moments les vitrines où ronflait l'argenterie.

Au bout de dix minutes, le ronronnement de la machine cessa. Au bas de la corde, Mario lança à mi-voix :

« Chalumeau... »

D'un bond, Tony se leva pour aller chercher une grande valoche, où s'alignaient, comme pour une revue de détail, un tas de becs à feu de taille différente. Après l'avoir bouclée avec soin, il l'amena près de Jo qui la fit descendre.

« La bouteille, Tony. Elle y est ? demanda-t-il.
— Merde alors, tu la sens pas ? C'est pas assez lourd ? »

Peu après, un sifflement troubla le silence du rez-de-chaussée. Le Suédois se repencha. Une flamme dure, bleue, fantomatique dans la pénombre, jaillissait à présent des pognes du p'tit César. On ne voyait qu'elle. Elle semblait lécher l'acier. Puis progressivement, elle parut plus dure, plus bleue. Elle mordait le coffiot, on le sentait. De temps à autre, le bec crachait une myriade d'étincelles qui rebondissaient sur les lunettes de soudeur du p'tit Rital. Y bronchait pas, le gars. Y turbinait les dents serrées. Un vrai numéro d'ouvrier syndiqué. Brusquement, il stoppa. Le plouf d'une bouteille qu'on débouche suivit son geste, puis le calme se rétablit, hallucinant. Mario rappliqua de nouveau au bas de la corde et leva la tronche :

« Ça y est, Jo. Affranchis Tony qu'il... »

Un craquement lui coupa la parole. César en terminait. Le Stéphanois se releva, épousseta ses genoux plâtreux et dit :

« T'as dix minutes, Jo. Pas plus. La tire sera devant la lourde. J' te laisse la Stein. »

Il disparut dans le vestibule.

La première, la frime de Mario émergea du trou. Ses tifs lui dégringolaient sur les yeux. Des yeux qui luisaient de contentement. Le Suédois lui donna un coup de paluche pour l'aider à se dégager.

« Alors?

– J'crois qu'y a le packson, fit l'Italien. On a pas fait de détail. On a tout embarqué. Ecrins et le reste. Mais sûr, y en a pour un drôle de balluchon. »

Le p'tit César surgit à son tour, les paupières cernées par la tension nerveuse, les narines pincées. Mais sa chevelure plaquée de brillantine n'offrait nulle trace de désordre. De plus en plus soirée dansante, le zèbre de Milan!

De ses bradillons herculéens, le Suédois l'enleva comme une plume. Sur la poitrine du p'tit mec, attaché à son cou par une lanière, pendait un vaste sac de cuir. Il s'en débarrassa pour le tendre à Jo. Le grand gars sentit les cabochons rouler sous ses doigts. Il sourit, posa le butin, enfila son lardeuss et récupéra le lacsé dont il noua la lanière autour de son poignet.

Aucun ne jacta plus. Le Suédois attendit que les deux autres aient fini de se refringuer puis, de la tête, leur fit le serbillon. Au passage, il rafla la Stein, l'arma et rejoignit les autres. Par la porte, qu'ils décarrèrent, les arcans. Comme des gonzes bien. Des châsses, le Suédois balaya la rue. Fifre. Calme complet. Il rengaina le moulin à café sous son pardessus. Au même instant une bagnole sortit de l'ombre. Tony la drivait. Il freina un chouïa : les truands sautèrent dans la traction. Le Stéphanois écrasa le champignon.

Peu de trêpe dans les rues. Juste deux, trois

paumées vers le boulevard des Batignolles qui traînaient leurs grolles et leurs sacs vides. Deux, trois hotus qui, pour dérouiller, seraient obligées d'éponger de vieux vicelards sous une porte cochère. Y devaient pas croûter souvent, leurs julots, si elles étaient maquées !

Avant de s'entifler dans la rue où créchait Mario, Tony jeta par-dessus son épaule :

« J'vais vous arrêter un peu avant. Montez. M'attendez pas. J'vais aller abandonner la chiotte loin d'ici. J'vous rejoindrai en bahut. »

Il freina, les laissa décarrer, puis rembraya. Il traversa la ville en trombe, contourna la place Daumesnil, repéra une station de taxis, puis se faufila dans un terrain vague. Peu après, il radinait sur la place en sifflotant. Il se fit mener aux Halles, changea de taxi, se fit conduire à la gare Montparnasse et descendit. Un troisième tacot le ramena à Montmartre, à cinq minutes de chez Mario. Il paya sa course et gagna la crèche du Rital à pinces. Faudrait qu'ils soient marles, les draupers, s'ils voulaient retrouver une piste en partant de la bagnole laissée vers Daumesnil ! Au surplus, rien ne leur indiquerait qu'elle avait servi au casse de chez Barier.

*

Quand Tony s'entifla chez Mario, les gars l'attendaient au salon. Au milieu de la table, sur un napperon de dentelle, trônait le sac. Personne ne l'avait ouvert. La Stein, elle, prenait du repos sur un siège genre Duguesclin. Tous les quinquets convergeaient vers ce sacré lacsé. On aurait dit que les voyous biglaient une hostie.

« Vas-y, Jo! lança le Stéphanois. Fais-nous mater les cailloux. »

Le Suédois ne se fit pas prier. Il dénoua le lacet de cuir et renversa l'engin. Des écrins plats, longs, carrés, courts, ovales, se mélangèrent sur la carante. Des diams, des perlouzes, des rubis roulèrent par là-dessus. Toutes ces petites babioles brillaient, luisaient, étincelaient sous la lampe. Mario ouvrit les écrins, les secoua et culbuta le contenu sur le napperon. Boudi! Y en avait pour de l'oseille! Pendentifs, colliers, bagouses, boucles d'oreilles, bracelets : ça rutilait. Même les mouquères du faubourg Saint-Germain se seraient détranchées avec leur face-à-main. Ça valait le coup de châsses!

« Merde! fit Tony. L'indic nous a pas charriés. Y en a pour deux cents briques... Au moins. »

Il s'épatait pas souvent, le Stéphanois. Mais là, vraiment... Jamais de sa putain de vie – et pourtant il s'était mouillé plus souvent qu'à son tour – jamais il n'avait encaissé un tel panard. L'instigateur ciglé et compte tenu de ce que les truands paumeraient avec le fourgue, chacun d'eux allait palper plus de vingt briques à son fade. C'était doux...

« J'crois, les gars, proposa Tony, qu'il vaudrait mieux laisser la came chez Mario. Pas la peine qu'on la retrimbale dehors. »

Le Suédois acquiesça. Le p'tit César, qui n'entravait pas, écarquilla les carreaux.

Tony sourit, gaffa Mario et lui dit :

« Explique à ton pote qu'il nous faut trois, quatre jours avant de pouvoir bazarder les bouchons de carafe. Dis-lui aussi qu'il ne se casse pas le trognon. Et s'il a besoin d'aspine, refile-lui-en. On les lui retiendra sur son pied. »

Le Stéphanois toussa, glaviota dans son mouchoir pour s'éclaircir la voix :

« Affranchis-le aussi qu'il vaut mieux qu'il reste pagnoter chez toi pendant son séjour. Et que s'il passe un borgnio avec une sœur, qu'il n'aille pas dans un hôtel où on remplit des fiches. J' tiens pas à ce que les condés établissent un rapprochement avec son voyage. Vu...? »

Un bruit fit que les quatre Julots[1] tournèrent le cou ensemble vers la lourde. Mario, vivement, balança son lardeuss sur les diams. Ida était sur le seuil de la piaule. Ses paupières cillèrent à la lumière. Elle les frotta, bâilla, s'étira.

« Excusez, dit-elle. J'avais entendu du boucan. Ça m'a réveillée. J'ai cru que c'était la môme qui rentrait. »

Ida était de bonne foi. Elle ne portait pas de robe de chambre. Autrement dit, elle n'avait rien sur le cul. Ou si peu. Un long truc bleu pâle, serré à la taille et aux poignets par des cordons de soie

---

1. A mon époque, un Julot ne désignait pas un souteneur comme en 1992. Au contraire, un Julot indiquait un bon voyou, un homme de courage et de risque. *(Note de 1992.)*

rouge. Nippée comme dans les films. Seulement elle n'était pas tenue, comme les vedettes, de garder son slip pour pioncer. Non. A loualpé sous son truc transparent qu'elle était, la lamdé à Mario. Ça valait le jus. Mais les hommes baissèrent la tête. Des bourgeois, eux, se seraient pas grattés pour prendre un jeton de mate. Plus souvent. V'là qu'ils s'en privaient d'enjamber la nana de leur meilleur ami! Les voyous, eux, non. Y briffent pas de ce pain-là. C'est pas les frangines qui manquent dans le monde, non? Pourquoi chercher à s'farcir celles des potes?

D'un coup de châsses, Mario fit entraver à Ida qu'elle était de trop. De son beau regard sombre, elle accrocha la gueule teigneuse de la Stein, mais ne posa pas de question. Une gonzesse dressée comme elle n'en pose jamais.

Ne pas l'ouvrir, ne pas esgourder, ne pas zieuter, tel est le secret du bonheur. Ils avaient raison les trois petits singes! Et pour le mitan, ce proverbe-là est valable plus qu'ailleurs. On dure au moins en le respectant... Et on se fait respecter. Comme elle se taillait, Mario rattrapa sa femme :

« Tu dis qu'la môme est pas rentrée?

— Non, fit Ida, frottant la pointe de ses roberts. Elle avait encore rencart hier soir avec le bouzeux. Peut-être qu'il l'a gardée pour un coucher. Y paraissait drôlement mordu l'aut' jour. Il lui a refilé quarante raides.

— Hé, bé! » lâcha Mario.

Ida fit la moue :

« J'sais pas si j'ai eu raison de la laisser aller à c'rembour. Les gros michetons, ça vaut que dalle pour les débutantes. Ils les gavent, les pourrissent et après, quand y se tirent, elles veulent plus en écosser. »

Ida hocha sa belle petite frime :

« C'qu'il leur faut, c'est du tapin. Le vrai. Ça, ça les met au pli. »

L'Italien se pencha sur sa lamfé, l'embrassa. Il l'avait à la chouette. Avec elle, pas de mouron à se faire. Plus maquereau que lui, qu'elle était.

« Va te pager, dit-il, va, mon chou. »

Elle le retint par le cou :

« Tu veux que j'vous fasse une tasse de jus ?
– Non. Te tracasse pas. J'en ferai moi-même. Allez, va te pieuter. »

Elle lui lança un dernier regard, lourd d'inquiétude. Elle savait bien qu'on n'embarque pas une mitraillette pour passer la sorgue au poker ou dans les boîtes. Seulement son lot était de tout ignorer.

Toutes les gonzesses de classe le savent de même. Elles ne demandent jamais rien, ne sont jamais au parfum des affaires de leur homme. Lorsqu'il leur arrive de les connaître, c'est par la force des choses : quand le suif se déclenche, que leur Jules se fait alpaguer par la poule, ou bien se met en cavale. Alors là, oui, c'est à elles de jouer. Elles bagotent dans Paris, cherchent des relations, casquent le débarbot, se démerdent, prêtes à tout pour soustraire leur mâle à la justice. Elles ne sont pas toutes aussi régules, malheureusement. Exemple, la Mado au Stéphanois.

Quand Mario revint au salon, le lacsé de cuir était de nouveau plein. Tony, le montrant du doigt, lui conseilla :

« Planquouze-le jusqu'à ce que Jo soit de retour. Y va s'tracer à Londres dans la journée pour contacter le fourgue. Y a que lui qui peut l'toucher. S'il n'y va pas, l'autre ralégera pas sur un coup de téléphone. Ils sont méfiants, ces types... »

Tony hocha la tête :

« D'un sens, ils n'ont pas tort. Enfin, ça n'demandera que quelques jours. D'ici là, fais gaffe au ganot. »

En pointant son index sur le petit César :

« Est-ce que ton pote est fiché à l'Interpol?

— Oui, reconnut Mario. Y s'est farci quatre longes de ballon en Belgique, pour casse.

— De coffiots?

— Oui.

— Alors, le laisse pas trop s'trimbaler dans Montmartre. Et évite de décarrer avec lui. Inutile qu'on vous retapisse ensemble. Les condés sont pas si truffes que ça. »

Il alluma une pipe. La lueur de son briquet éclaira ses traits tirés par la fatigue et la maladie. Il toussa; il en avait marre :

« Tu viens, Jo. Faut qu'je rentre. J'suis claqué. »

Quand ils sortirent dans la rue, la pluie ne tombait plus. Une légère brume la remplaçait.

L'aube était proche. Un halo crasseux cerclait les réverbères. Tony frissonna, remonta le col de son vêtement.

« Fait pas lauchem, hein?
— Pour ça...! fit le Suédois, qui ajouta précipitamment : Toi, tu serais mieux dans le Midi. Maintenant, avec ce paquet d'artiche qu'on va toucher, tu pourrais te soigner, si tu voulais. Qu'est-ce que t'en dis?
— On verra, grommela le Stéphanois. Mais pas pour l'instant. J'aurais l'air de m'déballonner si j'me faisais la paire.
— Te dégonfler, pourquoi? » s'étonna le Suédois.

Tony lorgna son copain, amorça un sourire :

« C'est vrai que j't'ai pas raconté ça, dit-il. J'suis en pétard avec les Sora.
— Les frères Sora? Pour quelles raisons?
— J'ai été repiquer Mado, l'autre nuit, au Cimeterre-d'Or.
— Et alors?
— Ben, j'l'ai avoinée. Drôlement.
— Et après? remarqua Jo. C'est ton ancienne gonzesse, non! T'as l'droit d'la bosseler si t'en as envie. Elle a pas pris d'gants, elle, pour te valiser quand t'étais au ch'tar. J'vois pas c'que les Sora ont à foutre là-dedans.
— Elle est maquée avec l'aîné.
— Ah, merde! Avec Pierre? C'est un mauvais fer, paraît.
— J'le sais, Jo. C'est pourquoi j'veux pas

m'tailler d'ici. J'ai pas l'intention d'mettre les pouces devant les bics.

— Alors, qu'est-ce qu'on décide? On fonce dans leur turne? »

Tony éclata de rire devant la fougue de son pote :

« Non, non! D'ailleurs, il est trop tard. Leur boîte est lourdée à c't'heure-ci. Laisse-moi faire, Jo. Ça m'déplaît pas d'me rifler avec ces Crouilles. J'en ai marre de voir que tout le monde leur laisse le champ libre, aux Ratons. Y s'figurent que c'est arrivé. »

Leurs pas les avaient conduits à Pigalle. Ils grimpèrent dans un taxi. Le Suédois se détrancha sur son pote d'enfance :

« J'ai bien envie de retarder mon voyage. J'tiens pas à t'laisser seulâbre en ce moment. Ils sont toc, les trois Sora. Du moins à ce qu'on dit. Si c'est pas du bidon, y passeront pas la pogne... Vaut p't'être mieux que j'te quitte pas pour l'instant.

— Te bile pas, Jo. J'suis d'taille à m'les farcir tous les trois, s'ils me cherchent. Quant à ton voyage, pas question d'le remettre. Le fourgue n'attendra pas cent piges. Le p'tit César non plus... Non, taille-toi à Londres et ramène-nous le gonze. Te casse pas l'bonnet pour moi. Je ferai gaffe, c'est tout. »

CHAPITRE VI

« Pierre! »

L'aîné des Sora sortit de la salle de bains. Autour de ses reins d'un gras luisant, il avait noué une serviette éponge. Sa poitrine, vierge de poils, était grasse également. Presque des nichons de frangine, qu'il avait.

D'un geste brusque, il arracha le cornet des mains de Mado.

« Allô! fit-il d'un ton excédé. Allô! »

L'œil rancunier, il gaffa sa lamfé, allongée sur un paddock. Foutue gonzesse! Se laisser tisaner de la sorte! Pendant trois semaines au moins, il l'aurait sur le râble, à présent. Elle n'était pas à la veille de pouvoir lever un clille avec ce qu'elle avait dégusté. Défigurée qu'elle était, la connasse!

« Qu'est-ce que tu dis? hurla-t-il dans l'appareil. Vous l'avez loupé? Quoi? Depuis deux jours il est pas rentré. Et alors? Fallait attendre, t'entends! Fallait attendre... Tu dis? Jusqu'à cinq plombes du mat que vous l'avez guetté? M'en fous! Fallait patienter toute la journée. »

La pogne du Bic descendit à son ventre rondelet. Machinalement il releva la serviette, se gratta les burnes.

« J'veux pu entendre jacter du Stéphanois! brailla-t-il. Faut m'liquider ce mec. Fissa! »

Il raccrocha. La rage le rendait hideux. Elle soulignait la balafre rouge qui, de l'oreille au menton, lui rayait la poire. Un coup de razif qu'il avait effacé jadis, dans la casbah d'Alger.

« Toi et ton ancien homme... gronda-t-il, hargneux, brandissant le poing sous le pif de sa radeuse. J'sais pas c'qui me retient... »

Sans qu'elle puisse parer, il la cogna mochement, à deux reprises.

De la mater ainsi, sans défense, bête blessée, apeurée, incapable de mordre, il s'auticha. Sa serviette se souleva toute seule. Il godait, le Crouille, sadiquement. Il bascula sur le paddock. Une demi-plombe plus tard, alors qu'il restait étendu, béat, à récupérer, la sonnerie du téléphone retentit de nouveau.

« Oui? fit-il. Encore toi, Ahmed? Bon Dieu, j'␣t'avais... Hein? »

Un masque de stupéfaction se répandit sur sa frime. Il se dressa sur ses grosses noix :

« ... Tu dis que Viviane vient de rentrer... Avec un diam énorme! Oui? Bon. Rappliquez tous les deux... J'te dirai si c'est du chouette. »

*

Ahmed, assis sur un pouf, expliquait l'histoire à son frangin. Celui-ci s'était nippé. Un costar violine comme de juste, et des pompes d'un jaune à faire aller au refile.

« Alors? interrompit Pierre. Tu dis que Viviane a eu c'caillou d'un p'tit mec qui jactait pas l'français. Un Rital, qu'elle croit? »

Il ôta la loupe vissée dans son orbite, fit miroiter le diam entre ses doigts chargés de jonc.

« C'est de l'officiel », dit-il enfin.

Les châsses d'Ahmed étincelèrent de cupidité :
« Pour chéro? »

Son aîné sortit un jeu de plaques de son gilet.

« Attends que j'le calibre... »

Quand il eut fini, il balanstiqua un coup d'œil méfiant sur les gonzesses qui, non loin de là, cancanaient entre elles. Mais les deux perruches qui jacassaient ne s'occupaient pas d'eux.

« Viens, dit-il néanmoins à son frère en se levant. Allons à côté. »

C'est pas la placarde qui manquait dans le gourbi à Pierre Sora. Six pièces le composaient. Près de quatre unités qu'il l'avait carmé son douar. Y avait de l'espace vital... Les tapis, les dorures, les saccagnes damasquinées, les cuirs de Cordoue ne manquaient pas non plus. Un vrai marqua oriental!

« Ben voilà, dit-il une fois seuls. Y va chercher

dans les pas loin d'une brique ton cabochon. Un vrai blanc bleu. »

Ahmed allongea une griffe avide.

Pierre l'arrêta :

« Mollo! Y a mieux à voir. J'te l'rendrai après. J'veux d'abord connaître le blaze du gonze qui distribue des dragées pareilles. Appelle-moi Viviane. »

Lorsque la mouquère de son frangin fut devant lui l'aîné des Sora la gaffa en silence, puis lâcha tout à trac :

« Où qu'il perche, le gniard qui t'a refilé ce truc-là?

— C'est donc du vrai! moussa la chanteuse éberluée, sans répondre à la question.

— C'est pas c'que j'voulais dire, grommela, nerveux, le Raton. Seulement ça m'botterait de savoir où le joindre. Où qui crèche? »

Viviane haussa les épaules.

« J'ignore, j'connais pas son adresse. Je l'ai levé au Rêve-Bleu. J'sais rien de plus. »

Pierre passa une pogne dans ses tifs gras.

« Au Rêve-Bleu! murmura-t-il. Et t'as dit à Ahmed qu'il avait l'air d'un truand? Bizarre... Il était seulâbre quand tu l'as connu?

— Non. Avec un nommé Mario, qu'il était... Et deux gonzesses.

— Les sœurs, tu les as déjà vues?

— Une, oui. C'est la femme à ce Mario, un Rital aussi, d'après Jean, le maître d'hôtel. »

L'aîné des Bics se détrancha sur son frère :

« Mario le Rital, tu connais? »

Les longs cils recourbés d'Ahmed se rabattirent sur ses yeux perçants. Il était plus giron que son aîné, le gars. Plutôt grand, bien bousculé, une jolie gueule sombre, de la détente dans le muscle : un beau félin.

« Oui, dit-il. De vue seulement. Y fréquente pas bézef par chez nous. J'crois qu'il est équipé avec des anciens; Tony le Stéphanois et Jo le Suédois. »

Les dents en or du plus vioque des Crouilles grincèrent :

« Ah oui! Tony le Stéphanois... »

Pour un gniard plutôt grassouillet, il fit vinaigre en fonçant de l'autre côté, chez Mado. Il se pencha sur elle; une lueur mariole dans ses carreaux.

« Ton Tony, qu'est-ce qu'il branlait dans le temps?

— Un peu de tout! fit Mado surprise. Trafic de came... d'armes... mises en l'air... Est-ce que j'sais, moi!

— Pas casseur? »

La Julie se frotta la poitrine doucement, là où Tony l'avait brûlée au fer.

« Si, dit-elle. C'est même pour ça qu'il a quimpé! Cinq piges qu'il a morflé.

— Le turbin, c'était quoi?

— Une bijouterie, autant que je m'rappelle. »

Un éclair rusé, vite perdu sous un battement de paupières, passa dans les yeux du Raton. Il retourna vivement dans l'autre carrée et demanda à Viviane :

« C'est la nuit où tu l'as grimpé qu'il t'a refilé ce cadeau? »

Il était suspendu aux lèvres de la fille. Si elle disait « oui », toute sa déduction était par terre, la mise en l'air de chez Barier n'ayant eu lieu que deux jours après.

« Non, dit-elle. Hier soir seulement. Il est arrivé au Rêve-Bleu à l'heure de mon tour de chant... Seul. J'croyais jamais l'revoir, quoiqu'il ait paru s'en ressentir pour moi. J'ai été un peu épatée. Il s'est assis à une carante, m'a fait le serbillon et quand j'ai pu, j'suis allée à sa table. On a vidé une rouille. Ensuite, on s'est tiré. »

Viviane regarda Ahmed, lui sourit, enchaîna :

« C'est dans la piaule qu'il m'a donné cette bagouse. Il avait l'air drôlement amoureux, l'gars. J'ai jamais vu un mec aussi accroché.

— Tu dois l'revoir? »

Viviane ramena son regard sur Pierre Sora.

« J'peux pas t'dire. Y m'a pas donné d'rencart. Mais sûr que oui... Bandeur comme il...

— Ça va, fit Pierre Sora. Tu peux t'rebarrer chez toi. On a besoin d'jacter, Ahmed et moi. »

La frangine ne demanda pas de détails. Pas bonne! Pour s'faire bastonner par son Jules. V'là qu'il lui faisait des fleurs, l'Ahmed, quand il était en boule!

Les Crouillats, c'est comme ça qu'ils les drivent leurs gonzesses, à coups de trique, au propre et au figuré. La douche écossaise, ça les rend jobardes. Elles filent doux.

Quand Pierre Sora revint de la raccompagner, il

avait un canard dans sa pogne. Un journal de la veille où une manchette maous signalait le fric-frac de chez Barier.

« Ligote ça... », dit-il à son frangin en lui jetant la feuille.

L'autre parcourut l'article, sourcils froncés, puis marmonna :

« Tu veux dire que...

— Oui, c'est c' que j' veux dire! Deux cent cinquante briques! L' plus beau casse qu'on a jamais vu! Et tu sais qui l'a réussi?

— Le pote à Mario?

— Oui, le pote à Mario et les autres. C'est le coup caisse. J' suis prêt à prendre les paris à mille contre un. Autrement, t'as déjà vu des voyous refiler un diam d'un million à une pute, toi? Non. Pour moi, ce petit mec-là, c'est un fondu. Tu m' diras qu' c'est comme tous les gonzes qui s' mouillent de cher? D'accord. Tous plus cinglés les uns que les autres. Mais c'est bien la première fois qu' j'en vois un allonger un tel packson à une nana. D'habitude, ils brûlent plutôt leur oseille aux courtines ou au baccara. Mais celui-là, vraiment... »

Pierre Sora s'arrêta de jaspiner, contempla ses godasses jaunes, et reprit :

« J' peux m' gourer dans l'histoire. Pourtant, ça m'étonnerait. De toute façon qu'est-ce qu'on risque d'essayer de savoir? Et puisque le p'tit mec à Viviane a fait une connerie, faut en profiter. On peut... Tu vas foncer voir Ali pour lui affranchir la couleur. A partir de maintenant, cherchez plus le Stéphanois. Ecrasez le coup. Ayons l'air de laisser courir. S'agit pas d' le maraver car s'il est dans cette affaire-là et qu' c'est lui qu'a planqué la came, si on l' bute à présent, on saura jamais où il l'a mise. T'as pigé? »

Ahmed grimaça. Il n'était peut-être pas si marle que son aîné. Tout de même... deux cent cinquante soleils, ça valait la peine de gamberger.

« Bon, poursuivit Pierre. Ali et toi, vous allez draguer tous les tapis. Rencardez-vous sur le Suédois, le Mario et sa gonzesse. Et ça, en hypocrites. Tâchez d' savoir où ils crèchent. Mais mollo, hein! S'agit pas d' leur foutre la puce à l'oreille. Vous trouverez peut-être rien, parce que les gonzes, ils doivent être méfiants. D'abord, on se rabat sur le p'tit Rital. Ce soir, toi et Ali, vous vous tenez au Rêve-Bleu. Si le gars revient voir Viviane – comme il bande pour elle, ça m'étonnerait pas – vous l' sauterez à la décarrade et vous l'conduirez à la villa de Champigny. T'as entravé? »

Ahmed haussa les épaules. S'il avait compris...

Son aîné froissa le journal, le rejeta au hasard et repris par son excitation, cria :

« Faut qu'on réussisse à mettre la main sur ces diams. A n'importe quel blot, n'importe lequel! Une occase pareille, on en rencontre pas une tous les cent piges. »

CHAPITRE VII

La fiesta battait son plein au Cimeterre-d'Or. Les loufiats n'avaient même pas le temps de filer à la cuistance pour s'envoyer un coup de gorgeon. Derrière le rade, les deux barmen mouillaient leur limace. Avec tous ces poivrots...

Entre deux attractions, les entraîneuses, aux bras des caves, agitaient leur faubourg sur la piste pour auticher les clilles. Près de l'orchestre, une gouine éméchée enguirlandait son gagne-pain :

« J' te décarrerai plus, t'entends, gueulait-elle. Faire du gringue à un musicien? S'pèce de tordue. Au tapin que tu resteras maintenant. Plus de sortie. J' vais te dresser, moi. »

Poivre défoncée, la blondiche qui l'accompagnait hoqueta :

« M'en fous! J' te refilerai pu mon artiche. J'en ai marre de ta gueule. »

Le Julot en jupons lui retourna une mandale qui claqua sèchement.

« Heu... heu..., larmoya la blondiche. Grande brute... Tu m'as fait mal. »

Pierre Sora, qui louvoyait entre les carantes, s'approcha des gousses.

« Mets-la en veilleuse, panthère, conseilla-t-il, se baissant vers la garçonne. Sans quoi j' te fais virer. Tu peux pas dérouiller tes gonzesses dehors, non ? »

Du doigt il appela son gérant, le Crouillat tatoué au front.

« Pas de nouvelles d'Ahmed ?
— Non, m'sieu Pierre, répliqua l'autre. Pas vu votre frère de la soirée. Pas d' coup de téléphone de sa part non plus.
— Bon, s'il rapplique, envoie-le là-haut. »

Et, tournant le dos aux gouines :

« Si elles font encore du gouale, fous-moi ces deux hotus-là à la lourde. Compris ? »

Il se dirigea vers le bar d'où un type, assis sur un tabouret, gaffait la salle.

« Par exemple, M'sieu le commissaire, feignit de s'extasier le Bic en abordant l'homme. Quelle joie de vous voir ! »

Le bédi lui décocha un coup d'œil acéré. Un mince sourire fleurit sur ses lèvres devant l'obséquiosité du Raton.

« Eh bien, Pierre, dit-il, le commerce marche ? Tu dois te bourrer avec un job pareil !
— Petitement, m'sieu le commissaire, concéda le Crouille en écartant ses mains alourdies de bagouses. Petitement. Qu'est-ce que j' peux vous offrir ?
— J' suis déjà servi. Merci.
— Voyons, m'sieu le commissaire... »

De l'œil, le taulier du Cimeterre-d'Or fit le serre à l'un des barmen.

« Ma bouteille, Henri. La spéciale pour m'sieu le commissaire. »

Et se penchant vers le quart :

« Si j'peux vous être utile, m'sieu l'...

— Pas entendu parler du casse de chez Barier ? » coupa le poulet.

Le Bic, de sa pogne grasse, caressa le revers de son smoking :

« Si, m'sieu l'commissaire. Comme tout l'monde... Les journaux... »

Le condé le fouilla du regard, puis lâcha entre ses dents :

« Tu sais qu'il y a dix briques à la clef pour le type qui nous apportera un tuyau ?

— Non, pas possible ! s'exclama le Crouillat.

— Sans compter les avantages que nous lui accorderons, acheva le flic en se recoiffant de son bada au ruban délavé. Allez, bonsoir ! »

Pierre Sora le suivit de l'œil tandis qu'il se traçait. Dix briques, hein ? Pas mal pour le mec qui rencarderait la poule. Fallait faire fissa pour devancer un indic éventuel. Ceux-ci n'allaient pas manquer. Tous les traîne-savate, tous les bons à lappe de Paris allaient se mettre en chasse pour obtenir un rencard. Tous les tauliers de clandé, tous les patrons de course par course, en quête d'un condé pour continuer à flinguer les écono-croques des caves, allaient donner de leur personne. Sans compter les tricards anxieux de consolider leur permis de séjour. Tous allaient se ruer à la curée. Une mise en l'air de deux cent cinquante unités? Ça s'était encore jamais maquillé.

Si le patron de la volante était passé ce soir chez lui, Pierre Sora savait que c'était au flan. Dans toutes les taules, tous les endroits drivés par des malfrats, ça serait du quès. Les draupers jetaient leurs hameçons en eau trouble. C'était leur boulot. Bien rare qu'ils n'en ramènent pas un renseignement. Donc, fallait les devancer, pas s'endormir sur le ragout. Fallait bouger. Vite. Qu'est-ce qu'ils foutaient ses deux frangins?

L'aîné des Sora coinça un Henri Clay dans sa gueule pavée de joncaille, l'alluma et s'en fut ouvrir une lourde barrée du mot *Interdit*. Il grimpa au premier, s'enferma dans son burelingue.

Lauchem dans le bureau. Les radiateurs fonctionnaient à plein. Mais ça suffisait à peine pour réchauffer la couenne du Crouille. Frileux qu'il était le Pierre Sora! Ah! se refaire la paire au pays! Au soleil. Abandonner ce putain de bled où on se gelait les couilles six marqués par an! Qu'est-ce qu'il fallait pour ça? Trois fois rien. Un peu de forme, quoi! Ceux qui réussiraient à mettre la griffe sur le ganot de chez Barier pourraient tout se permettre...

On frappa à la lourde. Pierre Sora sortit de ses pensées, ouvrit la bouche. Sans attendre qu'on lui dise d'entrer, un gniard s'entifla dans le burelingue.

« J'aurais pu être occupé, gronda Pierre Sora. Tu pouvais pas...

— Ça va, freina Ali, le plus jeune des Sora. Passe la main. Tu m'fais tartir. »

L'aîné jeta un regard maussade sur le cadet.

« Qu'est-ce que tu fous ici? lança-t-il brutalement. Ahmed t'a pas dit de rester au Rêve-Bleu? »

Ali se laissa choir dans un fauteuil, cracha sur le tapis, ne se donna même pas la peine d'essuyer son glaviot.

« Si, répondit-il. Mais y est, lui. Pas besoin d'être deux. Y tubera si le Rital s'amène.

— Nom de Dieu! tonna Pierre. Quand j'donne un ordre...

— Ta gueule! » coupa hargneusement Ali.

La frime basanée de Pierre Sora vira au gris cendre. D'un bond, il quitta son siège, leva le bras et l'abattit. Ses bagouses s'écrasèrent sur la joue de son frelot.

« Enfoiré! jura le jeune Crouille, se dressant brusquement. Attends, tu vas... »

A son poing, un razif étincelait. Non moins vif, le gros venait de sortir un brelica[1].

« Bouge pas, ordonna-t-il, blême de rage. Si t'avances, j'te troue, s'pèce de fondu! »

Le jeunot resta figé dans son élan. Une sueur mouilla sa lèvre supérieure. Ses prunelles rapetissées filtraient sous les paupières baissées comme deux pointes noires, dangereuses.

1. Verlen : brelica, calibre.

« J'en ai marre de t' voir jouer au caïd, écumat-il. Marre, t'entends! Si tu rebiffes au truc, je t'ouvre la gorge. T'as saisi? »

D'une langue sèche, il essuya ses lèvres cernées d'une mousse blanchâtre et porta un pouce à ses narines. Un frémissement le secoua.

« T'as encore pris d' la chnouf! gronda l'aîné, sans cesser de le surveiller. Tu sais où ça va t' conduire, non? Aux dingues que tu vas finir... et avant longtemps. »

Les nerfs d'Ali craquèrent subitement. Un frisson noua son corps mince. Le rasoir lui échappa des doigts. La sueur gagna toute sa bouille tordue.

« Donne-m'en, supplia-t-il. J'en ai plus... Pierre... »

L'aîné des Sora rengaina son calibre, s'approcha de son frangin et, vachement, à plusieurs reprises, le gifla. Le môme retomba dans le fauteuil. Sans réaction qu'il était. L'aîné se baissa, ramassa le rasoir, le jeta sur son bureau. Contournant celui-ci, il ouvrit un tiroir et en ramena un packson de papelard, plié menu, qu'il jeta sur les genoux de son frère :

« Tiens! »

D'une main fébrile, Ali défit le paquet, porta la came à ses narines. Peu après, sa fausse excitation tomba, ses traits se détendirent. Seules ses pupilles brillaient...

Son aîné le gaffa méchamment, puis lui désignant le rasoir :

« Reprends ton outil. Et, à l'avenir, si tu veux d' la chnouf, faudra... »

Il s'interrompit, décrocha le téléphone.

« Oui? fit-il. Ahmed? Alors?... Bon... Bon... J' te l'envoie. »

Il raccrocha, se détrancha sur son cadet :

« Le p'tit Rital vient d'arriver. Retourne au Rêve-Bleu. Ahmed t'attend. Fais comme je vous ai dit. J' vous rejoindrai plus tard. Et pas de conneries... Entreprenez rien sur le mec avant que j'arrive. »

CHAPITRE VIII

Tout en arquant, César ne cessait de lorgner Viviane. Il allongeait le pas en l'entraînant, pressé qu'il était de la sentir à poil contre lui. Le parfum qui se débinait de la pelure en fourrure de la goualeuse, lui grimpait au trognon, lui rappelant celui de la chair. Malgré l'épaisseur des fringues, rien que de sentir son corps contre sa hanche, ça lui faisait un effet terrible. C'était bien le premier triage qu'il godait à ce point pour une sœur. Il en tremblait d'impatience. C'était chouettos comme sensation.

Bras dessus, bras dessous, ils abandonnèrent les rues agitées, vivantes, où grouillaient les boîtes de nuit. Ils doublèrent le Gavarnie, s'enquillèrent dans la rue Chaptal. Au bout, les attendait le meublé discret, avec ses hublots, ses poiscailles argentés. Soudain, décarrant de l'ombre de la rue Henner, un type se heurta au p'tit Rital.

« *Scusi, signor!* » dit-il, portant un doigt à son feutre.

Un feutre clair, trop clair.

« *Non c'è male!* » répliqua César, machinalement.

Il rattrapa Viviane qui l'avait lâché, puis réalisant brusquement, il se retourna sur l'inconnu et lui lança joyeux :

« *Buona sera, signor!*

— Oui, bonsoir, mon pote », jeta une voix à ses côtés.

Un objet dur vint cogner l'abdomen du p'tit César.

« Lève tes pognes! ordonna la même voix. Et magne-toi. »

Le Rital avait entravé. Pas besoin de traducteur devant la pétoire braquée sur son nombril. Il obéit.

Le « feutre clair » revint sur ses pas et, d'une paluche habile, vagua l'Italien.

« Ça va, Ali, dit-il. Y n'est pas enfouraillé. »

Celui qui venait de jacter balança un léger coup de sifflet dans la noïe. Le moulin d'une bagnole ronronna : une traction émergea de la rue Henner.

« *Montino!* ordonna Ahmed.

— Voyons, messieurs! » se rebiffa le p'tit César en italien.

Le flingue, manié d'une pogne brutale, s'enfonça dans son lardeuss. Sans plus renauder, le p'tit César grimpa dans la tire. Ali vint se placarder à son côté.

Avant de les rejoindre, Ahmed se détourna sur Viviane qui chiquait à la surprise.

« Toi, la môme, dit-il, simulant d'être en pétard, fous le camp de là, sans quoi... »

Il leva une pogne méchante. Si le p'tit César n'avait pas pigé le sens des mots, le geste le fit bondir. Pour le calmer, Ali, d'un revers de sa main libre, lui cogna la gueule et aussi sec le rebraqua. L'Italien, la rage au battant, baissa le chou.

« Allez, en route! » commanda Ahmed, en rebouclant la portière sur lui.

Le chauffeur, un Bic également, démarra. César se retourna instinctivement. Par la vitre arrière, il eut le temps de bigler une silhouette élégante qui se paumait dans l'obscurité.

Sagement, la chiotte traversa la capitale. Elle s'arrêtait aux feux rouges, se rebarrait aux feux verts. Le Raton qui la menait respectait le code. On aurait dit qu'il avait les foies de choper un biscuit, le mec. Pourtant, à cette heure, les poulets habillés étaient pas bien dangereux. Y devaient pas se trimbaler avec leur carnet d'amendes à la pogne. Ce ne fut qu'à partir de Vincennes qu'il lui fit donner le maxi. En moins de rien, il la driva jusqu'à Champigny.

Entre les deux Sora, le p'tit César n'en bonnissait pas une. Il gambergeait. Tout ce qu'il savait, c'est que les gonzes n'étaient pas des condés. Ça, il ne pouvait pas se gourer. La frime des truands ne le rassurait pas pour autant. Des Crouilles? Santa Madonna! Dans quelle gelée de coing se trouvait-il? C'est surtout celui qui le braquait avec son tromblon qui lui foutait les grolles. Quelle gueule qu'il avait, le gniard ! Des châsses bizarres. Des narines pincées dans le haut, palpitantes dans le bas. Une vraie frite de jobard ! On aurait parié qu'il reniflait du raisiné, que ça le démangeait de jouer de la gâchette.

Le « feutre clair » à côté de César dut s'en rendre compte également, car il ordonna :

« Rengracie, Ali. Domine-toi. Oublie pas qu' Pierre veut l' zèbre vivant. »

Les quinquets d'Ali perdirent de leur éclat. Son flingue n'en demeura pas moins menaçant.

La chiotte stoppa devant une grille. De chaque côté de celle-ci, de hauts murs la prolongeaient, qui se perdaient dans l'ombre. Ahmed décambuta de la trottinette, et alla ouvrir la grille. La bagnole glissa dans une allée bordée d'arbres dénudés, dont le vent fouettait les branches. On les entendait gémir. Dans la nuit, se distinguait la façade blanche d'une villa. Après une légère courbe, l'auto s'immobilisa devant un perron.

« *Scendi*[1] ! » ordonna à César, Ahmed qui venait de les rejoindre.

Le calibre d'Ali dans les reins, le Rital se retourna au bas du perron.

Et vers le chauffeur, Ahmed ajouta en fransquillon :

« Tu peux te rebarrer sur Paris. Passe au Cimeterre-d'Or. Si Pierre est toujours là, affranchis-le qu'on a alpagué le Rital. Dis-lui qu'on l'attend. »

1. Descends !

Le chauffeur fit demi-tour et disparut dans l'allée. Ahmed décarra un jeu de caroubles de sa glaude et déboucla la porte de la turne. Il frotta une allumette, allongea la pogne : une loupiote éclaira un vestibule pavé de mosaïque. Au fond, les marches vernies d'un escalier luisaient doucement. A gauche et à droite, des lourdes perçaient les murs tapissés d'un papier gueulard. Ahmed ouvrit l'une d'elles :

« *Avanti!* » dit-il en poussant le p'tit César.

C'est pas les meubles qui manquaient dans la strasse. Ils avaient dû coûter lerchem à Pierre Sora. Seulement, ils étaient au goût de leur probloc : du m'as-tu-vu. La carante qui se trouvait au milieu aurait fait la botte à un conseil des ministres. Pour la surface tout au moins, car pour la couleur! En bois blanc de Norvège qu'elle était. Elle et les chaises matelassées de cuir rouge sentaient le parvenu à plein pif. Au-dessus d'un bar logé dans un coinstot, y avait une photo en pied de Monsieur. Pas discret le Crouille dans sa pose! S'il n'avait pas sa paluche planquée sous le revers de son costar, comme l' p'tit Caporal, c'était tout juste. Il avait pas dû y penser.

Aux murs, d'un vert à chialer, était accroché le vice des Ratons : des rapières, des saccagnes et un tas d'escopettes qui avaient dû participer à de drôles de fantasias.

Pour éclairer tout ce bordel, pendait du plafond un lustre maous dont la verroterie cliquetait au moindre souffle. Ça collait pas avec le reste, mais ça brillait. C'est ça qu'avait dû séduire le chef de douar...

Ahmed se pencha vers une cheminée d'une dimension à faire roustir un bœuf charolais et mit le rif sous un tas de bûches. La flamme grimpa, joyeuse, claire, expédiant des reflets sur le poli des meubles.

Ali, adossé à la lourde, frima son frangin :

« Porte-nous à tafiater. Y fait soif. Et dis à l'autre con d' s'asseoir. Il n'entrave que dalle à c' que j' lui dis. Y m'énerve, ce connard-là! »

D'un seul jet, il s'expédia dans la gargane le glass de cognac qu'Ahmed venait de lui servir, et rempoignant la boutanche, se refada aussitôt. L'alcool commençait à rosir ses pommettes couleur cacahuètes bien grillées.

« Alors, spaghetti! dit-il, avançant vers César, assis sur une chaise. Où qu' t'as planqué les diams?

— Laisse-le donc, grommela Ahmed. Tu sais bien qu'y t' comprends pas. Puisqu'il n'y a que moi qui jaspine le rital, je l'interrogerai quand Pierre sera là. Pas avant. »

Ali haussa ses épaules rembourrées de coton, se frotta les narines, se vagua. Un soupir de soulagement lui échappa quand il ramena le petit packson de coco. Il s'en bourra le tarin. Cela ne le calma pas pour autant.

« Faut répondre, mon pote, quand j' te jacte, dit-il, gaffant méchamment le p'tit César, faut m' répondre... »

Ce dernier ne prêtait pas attention à lui. De

l'œil il étudiait la carrée. Quelques mètres et des meubles le séparaient des panoplies. Trop loin. Pourtant il était décidé à tenter sa chance. En agissant vite. Sûr que le Bic qui le braquait tirerait. Mais en lui volant rapidement dans les plumes, ça pouvait réussir! Il pourrait peut-être le désarmer et... En loucedé, il banda ses muscles, prêt à bondir. Ses mouvements furent imperceptibles. Cependant une voix, derrière son dos, le freina :

« T'emballe pas, mon pote », conseillait Ahmed en italien.

César lui lança un coup de saveur par-dessus son épaule. Dans la pogne du Crouille venait de surgir un automatique.

Ali, qui en était à son troisième godet de gniolle, ricana :

« Ah! tu t'préparais à faire du rébecca! Attends, fumier... »

En riant, il s'approcha tout près et, d'un coup de pompe en pleine gueule, expédia le p'tit Rital cul par-dessus tête. Celui-ci fit vinaigre pour se relever. Il porta la main à son arcade sourcilière éclatée et fonça. Y gambergeait plus, le p'tit mec. Marre qu'il en avait. Qu'est-ce qui croyaient, ces espèces de macaques? Qu'il allait se laisser buter comme ça? Y ne savait même pas pourquoi ils l'avaient épinglé. Le seul qui roulait en rital ne lui avait encore rien expliqué. Marre, qu'il en avait, de leur numéro de tueurs à la manque. Arriverait ce qui arriverait... Ça arriva, aussi sec. La crosse du flingue d'Ali le cueillit au cou, à la naissance de l'épaule. Il sentit ses os craquer. Fulgurante, la douleur lui tordit les tripes, lui mouilla le ventre. Il s'écroula sur les genoux. Vain Dieu! que ça faisait mal!

Excité par la drogue, Ali abaissa son poing enfouraillé, balança la sauce, une fois. La bastos, frôlant la joue de César, alla perforer le pied de la carante. Un éclat de bois vola en l'air.

« S'pèce de con! hurla Ahmed en plongeant sur son frangin. S'pèce de con! »

Il cogna son cadet d'une droite courte, teigneuse, qui le désarçonna. Ahmed profita de l'embellie. D'une torsion de ses doigts durs comme la ferraille, il désarma le cadet de malheur.

« Vas-tu t' tenir peinard, bougre de cinglé! criat-il. Si jamais tu l'avais morflé, j' te...

« Toi, reste tranquille », fit-il, se retournant vivement sur le p'tit César qui, rendu hideux par le raisiné qui lui peignait la poire, venait de se redresser en gémissant.

Au même instant, on entendit des lourdes claquer. La mosaïque du vestibule résonna sous un bruit de pas précipités. La porte s'ouvrit : Pierre Sora apparut dans l'encadrement. Un lardeuss en poil de chameau recouvrait son smoking. Un taupé clair ombrait sa face cuivrée.

« Bon Dieu! jura-t-il. Qu'est-ce qui m'a foutu... »

Il renifla l'odeur de poudre. Son regard glissa de l'un à l'autre des trois hommes, s'attarda une seconde sur le pied de la table. Il blêmit :

« Bande d'empaffés! Qui c'est qu'a tiré? »

Sans attendre de réponse, il fonça sur Ali. La rage faisait trembler ses bajoues. Il écumait :

« C'est toi, hein? C'est toi qui... »

Ahmed s'interposa :

« Laisse-le. Il l'a loupé. C'est le principal, non? Ton chouchou est pas canné? En fais pas un roman. »

Pierre Sora bigla salement Ali. Puis, insensiblement, sa rage parut décroître. Sur sa grosse bouille luisante, des plaques livides demeurèrent seules. Il grommela comme à regret :

« C'est bon. Occupons-nous du gniard. On n'a pas d' temps à perdre. »

Ahmed se planta près de César. Il releva la chaise, aida le Rital à prendre place dessus et attaqua d'emblée, dans la langue du p'tit mec :

« Alors, macaroni. Va falloir t'allonger maintenant. Où que tu l'as eu, le caillou que t'as refilé à Viviane? »

César tressaillit. Viviane? La bagouse? Comment étaient-ils au parfum? C'est tout de même pas elle qui...

La pensée qu'elle ait pu le trahir lui était plus duraille à supporter que son épaule brûlante. Pourtant, en gambergeant bien, qui avait pu les affranchir que Viviane et lui emprunteraient la rue Chaptal? Qui, sinon la sœur? Elle et lui auraient pu prendre un autre chemin... Personne ne pouvait deviner... *Dio porco!* Lui, César, s'être laissé posséder comme un cave! Tout ça parce qu'il s'en était ressenti pour la première gonzesse venue! La première gonzesse venue? Non, hélas! Jamais il n'en avait râpé une comme celle-là. Rien que de se souvenir des deux sorgues passées avec elle, il se sentait prêt à recommencer la même connerie. Du feu qu'elle lui avait foutu dans le corps, cette ordure...

« *Ebbene hai sentito?* gronda Ahmed. *Dove hai ottenuto quest' anello? Rispondi, Sapisti*[1]! »

César le considéra d'un œil éteint :

« *Non so ciò che volete dire*[2].

— *Non sarebbe da Barier che avrai trovato questo diamante per caso*[3]? »

Un frémissement secoua César. Il baissa le trognon, serra les crocs. Allait falloir tenir le choc, à présent. Les Ratons avaient l'air d'être drôlement rencardés. S'agissait pas de rengracier et de se mettre à table. S'il mangeait le morceau, ça pouvait coûter gros à son pote Mario.

Sauvagement, Ahmed lui empoigna les tifs, lui tira la tête en arrière et, le fouillant de son regard aigu :

« *Viene da Barier, chi lo sa? Ma rispondi*[4]!

— *Non capisco nulla della vostra storia*, murmura le p'tit César. *Non so nulla*[5]... »

---

1. Eh bien, t'as entendu? Où qu't'as eu cette bagouse? Réponds, nom de Dieu!
2. J'sais pas ce que vous voulez dire.
3. Ça serait pas chez Barier que t'aurais trouvé ce diam, par hasard?
4. Ça vient de chez Barier, hein? Allons, réponds!
5. Je ne comprends rien à votre histoire. Je ne vois pas ce...

La baffe que lui décocha Pierre Sora interrompit l'interrogatoire :

« Ça va, Ahmed, gronda Pierre. On paume notre temps. Y paraît têtu, le gonze. Saucissonnons-le. »

En moins de deux, César se retrouva ligoté sur la chaise. Il n'avait pu étouffer un hurlement en sentant son bras blessé brutalement ramené en arrière par Ali.

« *Ora bisogna parlare*, menaça Ahmed. *Siamo in fretta; ma rispondi*[1]! »

César ferma les yeux. Une avalanche de gifles ne les lui fit pas ouvrir. C'était Pierre qui passait sa rage. César entendit l'un des trois se racler la gargane, puis il sentit un crachat couler lentement sur sa joue tuméfiée. C'était Ali. Le p'tit Rital ne desserra pas les dents, ne souleva pas ses paupières. Il savait que les autres n'allaient pas lui faire de fleur, que ça allait être sa fête. Tant pis pour lui. Quand on commet un douze dans la vie, faut encaisser. En homme. Et lui, il en avait fait une, de connerie. Une sévère. S'être autiché d'une sœur au point de lui offrir un diam! Un diam dont il n'avait même pas le droit de disposer! Quel con il était! Et puis, pas régul. Ce diam, il l'avait chouravé sans rien dire, durant qu'il était seul en bas, devant le coffiot. Comme une loppe qu'il s'était conduit. Et tout ça, pourquoi? Pour une salope qui l'avait doublé. De quoi chialer...

---

1. Faut jacter maintenant. On est pressés; allons, réponds!

Malgré lui, il ouvrit ses carreaux en sentant qu'on lui délaçait ses godasses. Qu'avaient-ils inventé, les Crouilles? Il frima Ahmed agenouillé devant lui, et soudain horrifié, gaffa Ali qui s'en revenait de la cheminée en brandissant un tisonnier chauffé à blanc.

« *Non fate ciò!* gueula-t-il. *Non face ciò*[1]...
— Où qu't'as eu ce diam? gronda Ahmed en italien. Dépêche-toi de l'dire, sinon... »

Les dents plantées dans ses lèvres, le p'tit César, pour ne plus voir Ali, referma les yeux.

Du menton, Pierre envoya le serre à son cadet.

Y s'fit pas prier, le jeune Raton. Saisissant l'une des chevilles nues du Rital de sa pogne libre, de l'autre il lui appliqua le tisonnier sous la plante des pinceaux. César se mit à hurler à la mort.

Ahmed se pencha sur lui :

« *Vuoi cadere, porcheria! Vuoi cadere, si*[2]? »

César n'eut qu'un regard éteint pour son bourreau.

« Continue », ordonna Pierre.

Ali souleva l'autre panard. Sous la morsure du fer, le corps mince de l'Italien se contracta. Les cordes cisaillaient la chair de ses poignets. Sa poitrine s'était gonflée à bloc. A son cou, une veine enfla, à croire qu'elle allait éclater. Ce fut tout. Subitement, comme une outre vidée, César s'affaissa, dans les pommes.

Quand il revint à lui, du cognac dégoulinait de

1. Faites pas ça!
2. Tu vas t'affaler, fumier! Tu vas t'affaler, oui?

son menton. Le tafia lui grillait les entrailles. Pas tant que ses pinceaux cependant, car là, c'était intolérable. Il eut un haut-le-cœur, des vaches convulsions, rota, alla au refile de son dîner.

« T'es décidé, cette fois? interrogea Ahmed en rital. A quoi bon t'entêter? On sait que c'est toi qu'as mis en dedans le coffiot de chez Barier. Alors, avoue-le. Dis-nous où sont planqués les cailloux. »

L'image de Mario surgit devant les yeux de César.

« *Non so ciò che*[1]... »

La fin de sa phrase lui resta dans le gosier. Ali, son razif à la main, venait d'écarter son frangin.

« Laisse-le-moi, dit-il. C'est trop long, cette musique. Faut en couper un bout. »

Les pupilles de César se dilatèrent à la vue du rasoir clair, bleu clair, blême, qui lentement, très lentement, approchait de sa pomme d'Adam.

« *Lasciatemi*[2]... » supplia-t-il.

D'un geste, Ahmed arrêta le bras d'Ali.

« Attends. J'crois qu'il va s'allonger. Alors? ajouta-t-il en italien. Où est le ganot? »

César ouvrit la bouche... Dieu du ciel que c'est duraille à balancer un ami.

« Non... non... », bafouilla-t-il.

Puis brusquement :

« *Non so di che si tratta*[3]... »

1. Je ne sais pas ce que...
2. Laissez-moi...
3. Je... je... je ne sais pas de quoi il s'agit.

Déjà Ali avançait sa pogne armée. Quoiqu'il n'ait pas pigé les paroles, la réaction du gniard ne lui avait pas échappé. Coriace qu'il était, l'Italien! D'un mouvement sec, il traça un trait sur son pardoss. Juste entre deux torsades. L'étoffe s'écarta sans douleur. Le Crouille attaqua le veston. César ferma les yeux. Quelque chose frôla sa limace, puis sa peau nue, en diagonale. Malgré lui, il souleva ses paupières et trembla. Ali accentuait son mouvement. L'acier pénétra dans la chair. Le raisin commença à suinter sur les fringues, puis une tache sur le bleu du pardingue, s'élargit, humide et sombre. De la nuque aux doigts de pied, la chair de poule hérissa la couenne du petit César. Ses tifs dressés sur le trognon, il sentit que son cerveau se faisait la paire. D'un regard où luisait la folie, il chercha Ahmed, l'adjura :

« *Madonna! Digli di fermarsi*[1]!
– Tu parles ou tu parles pas? » ricana Ahmed.

Les mâchoires de César se soudèrent l'une à l'autre.

Pierre Sora poussa un juron, se dirigea vers le buffet, y prit une boîte et, la tendant à Ali :

« Tiens, dit-il. Soigne-le. »

A la vue de l'étiquette, Ali grimaça de jubilation. Sa face cuite se farcit de cruauté. Sans ménagement, il fourra une poignée de poivre rouge dans les blessures du Rital et frotta, comme

1. Vierge Sainte! Dis-lui d'arrêter!

un dingue. Les gueulements de César furent aussitôt étouffés sous la paume d'Ahmed et pour la seconde fois, le petit mec tomba dans la vape. Il n'était plus que sang et sueur.

Durant dix minutes, les trois Bics guettèrent leur proie, sans en bonnir une. Le souffle ténu qui filtrait des lèvres du Rital les rassura. Le gonze, on ne l'avait pas dessoudé. Pas encore. Il allait jacter. Ça, c'était le principal. Après...

Quand César sortit de son évanouissement, Ali, d'auto, entama l'autre côté du pardeuss. L'acier du razif étincela sous la lampe. Le p'tit Rital gémit, n'en pouvant plus. Vidé de son énergie qu'il était.

« *Un momento*, dit-il. *Voglio parlare*[1]. »

Les mufles des Ratons se penchèrent, avides.

« *Vai*[2]! l'encouragea Ahmed.

– *La merce è presso Mario. L'uomo che m'ha fatto venire a Parigi.*

– La came est chez Mario, traduisit Ahmed, pour ses frangins. L'homme qui l'a fait venir à Paris. Son adresse? reprit-il en italien. Et la came, où elle est cachée?

– Via de la Condamine, souffla le p'tit Rital.

– Quel numéro? Jo le Suédois et Tony sont dans le coup?

– Au... au... au 232 », lâcha César.

Et d'une voix mourante :

1. Arrêtez, j' vais parler.
2. Vas-y!

« Oui, les deux sont dans le coup... Mais le sac, j'sais pas où Mario l'a mis. »

Une joie féroce éclaira la frime des Crouilles. Ali, des châsses, interrogea son aîné.

« Y a qu'à l'buter », dit Pierre.

Mais se ravisant :

« Non, Ali, vaut mieux pas. Vaut mieux attendre. S'il nous avait doublés... Qui nous prouve que c'est pas du vent, c'qu'il nous a raconté ? »

Il renoua autour de sa taille épaisse la ceinture de son pardessus en poil de chameau et conclut :

« Vous allez ronfler ici tous les deux. Demain, j'vous enverrai l'chauffeur pour garder ce con-là. De toute façon, on peut pas s'présenter de rif chez c'Mario. Y déboucleraît pas sa lourde ! Laissez-moi gamberger. J'trouverai bien l'joint. Pour l'instant, c'qui compte, c'est qu'on sache où sont les diams. »

Sans un regard à César qui geignait, il se tailla.

CHAPITRE IX

Pour la troisième fois en une demi-heure, Pierre Sora s'enferma dans la cabine téléphonique. Comme pour les deux triages précédents, la sonnerire à l'autre bout ne cessa pas. Par prudence, il insista, longuement. Personne ne décrocha. La taule à Mario était toujours vide. Pierre consulta sa montre-bracelet, hésita et rejoignit ses frangins qui éclusaient au rade. A l'écart, un tas de poivrots péroraient.

« Y a toujours pas un chat, dit-il en se glissant entre ses deux frelots. Plus la peine de s'attarder. Allons-y franco. »

Il sortit un bifton de cinquante cigues de sa ballade, héla le troquet, douilla les tournanches et ils décarrèrent.

A la Fourche, de nombreux boulots attendaient sagement l'ouverture d'un cinéma. Sur les affiches, un mironton, l'air toc, bada sur les yeux, brandissait un calibre.

Les Ratons se marrèrent doucement. Pas besoin d'aller au ciné, eux, pour éprouver le petit frisson qu'affectionnent les caves. Quand ils entendaient tonner l'artillerie, c'était pas le cul dans un fauteuil à dix louis la placarde. Non. Les mecs qui écopaient n'avaient pas l'occase de pouvoir tourner un autre film. C'est toujours à Cusco ou à la morgue qu'ils allaient encaisser leurs cachets, les vedettes du mitan.

Ils descendirent l'avenue de Clichy et prirent la rue La Condamine. En tranche, Ahmed passa devant la loge de la bignolle. Cette dernière, son chignon courbé sur son rata, ne le remarqua même pas. En souplesse, le Bic grimpa l'escalier couvert d'un tapis.

Les autres Sora s'entiflèrent à leur tour. Négligeant l'escalier, eux aussi, ils retrouvèrent Ahmed sur le palier du cinquième étage. Il ne paumait pas son temps leur frangin. D'une caroube, il venait de déverouiller la serrure supérieure. La seconde, celle nichée plus bas, paraissait lui résister.

Se tournant vers Pierre, il murmura :

« T'es sûr que ton serrurier s'est pas gouré? »

L'aîné haussa les épaules. Comme s'il ne se cassait pas le tronc sur les moindres détails...

« Y a qu'à retourner chercher une dingue! suggéra Ali, à mi-voix.

– Ta gueule », grommela Pierre.

Une dingue? Pourquoi pas un bazooka? Ce fondu d'Ali! Décidément, il n'avait rien dans le trognon. On l'emmenait sur un turbin délicat, qui réclamait du doigté, et tout ce qu'il trouvait à proposer, c'était d'aller chercher une pince-monseigneur. Corniaud!

Et s'ils ne réussissaient pas du premier coup à foutre la patte sur la camelote? Ils auraient l'air futés. V'là qu' le Mario ne déménagerait pas la marchandise si en rentrant il trouvait sa lourde en dedans!

« Pousse-toi », dit Pierre à Ahmed.

Si gros qu'il fût, il savait avec douceur user de sa pogne. La clef obéit à sa délicate manœuvre. Le pêne céda. L'aîné des Sora tourna la poignée. La porte s'ouvrit. Le serrurier avait respecté les empreintes de cire, ça c'était sûr! Ils entrèrent, refermèrent la porte avec précaution. Quel calme dans la cahute du Rital! Quelle douce chaleur! Pierre Sora balaya l'entrée avec le jet d'une lampe électrique.

« N'allume pas, dit-il, freinant Ali qui avançait sa griffe vers un interrupteur. Faut pas que la lumière filtre. »

Ils gagnèrent le salon. D'un autre jet de lampe, Pierre s'assura que la tenture bouchait la fenêtre. Il alluma le plafonnier.

« On va y aller pièce par pièce, dit-il. Et j' vous affranchis; foutez pas tout en l'air. Remettez tout en ordre au fur et à mesure. »

Durant trois plombes, ils poursuivirent leur perquise. En vain. C'est pas les planques qui manquaient dans la strasse. Ils avaient beau les vaguer une à une, glisser leurs paluches dans les moindres recoins. Pas plus de diams que de sourire sur la frite de Buster Keaton!

Pierre Sora grimaça de dégoût en gaffant Ali retourner un matelas. Non, sans charre! Son cadet se faisait des berlues. Y se figurait peut-être que Mario avait été assez nature pour cacher le ganot sous son pucier! Parole, Ali devait se croire à leurs débuts à Paris! A l'époque où ils débouclaient les chambres de bonniches! Dans ces endroits-là, évidemment, c'était le coup caisse, le matelas.

Les larbines ne trouvaient jamais d'autres placardes pour dissimuler leurs quelques raides d'économies. Mais ici? Chez un truand? Con qu'il était, cet Ali...

Las de fouiller, Pierre laissa aller ses noix sur un fauteuil. Fallait gamberger. Vite. Mario ou ses gonzesses pouvaient radiner d'un instant à l'autre.

Machinalement, il zieuta Ali qui, penché sur un meuble, venait de glisser quelque chose dans sa glaude. D'un bond, l'aîné se dressa.

« Qu'est-ce que t'as là? Allons, décarre-le! »

Ali, l'œil mauvais, sortit la main de sa poche.

« Bon Dieu! jura Pierre en s'emparant d'une bague de quatre sous : le genre d'engin qui étincelle dans la sciure à la Foire du Trône... Bon Dieu! Ce que tu peux trimbaler comme connerie! On est là pour essayer de chouraver deux cent cinquante briques et toi, tout c'que tu trouves à emplâtrer, c'est une bagouse de deux thunes! »

Ahmed, qui décambulait de la salle de bains, tendit l'oreille vers l'entrée.

« Vos gueules... chuchota-t-il. L'ascenseur...
— Eteignez partout, souffla Pierre. Fissa. »

Une lourde claqua sur le palier. Une clef fourragea une serrure. Un courant d'air vint caresser les trois Sora tapis dans l'ombre du salon. Des cris, des rires s'élevèrent. Puis de hauts talons martelèrent le plancher. Ida s'expliquait :

« J' t'avais dit qu'il était choucard comme micheton! Et pas emmerdant, hein? J' le connais. J' l'ai monté dans le temps. C'est pour ça que je l'ai branché sur toi. En plus, y casque. Tu peux pas dire qu'il est constipé du morlingue, non?

— C'est égal, remarqua Yvonne, qu'un rire secouait. Il en a, des drôles de passions. S' fringuer avec un petit costar marin qu'il a sorti d'une valise! »

Le rire d'Yvonne s'amplifia :

« C'te frime qu'il avait avec sa bouille rouge, ses bacchantes de phoque et son béret marqué *Jeanne-d'Arc*! Poilant qu'il était, le vieux birbe! »

Pour encourager la débutante, Ida daigna glousser mais constata d'un ton sérieux :

« Le principal, c'est qu'il t'ait allongé quinze sacs. Le reste, mon p'tit, c'est de la foutaise. Des michés avec leurs vices, t'en verras d'autres... »

La gaieté d'Yvonne ne diminua pas. Au contraire. On l'entendait se bidonner de la chambre :

« Là où j'ai failli pisser dans mon froc, c'est quand il a décarré un cerceau et qu'il a commencé à jouer avec dans la piaule. J'ai eu du mal à pas éclater de rire. Le bouquet c'est quand il m'a suppliée de lui foutre des gifles et de le coller au piquet. Et la bouille qu'il faisait! De quoi en pisser, j' te dis! »

Un silence, un rire énorme. Puis la fille ajouta :

« Tout de même, avoue-le. Où c'est qu'ils vont chercher des trucs pareils, tous ces rupins! »

La piaule voisine du salon s'illumina. Un mince rectangle de lumière se découpa sur le tapis du salon. Un bruit de verres remués parvint jusqu'aux Sora. L'aîné agrippa Ahmled par le bras :

« Le Rital n'est pas là. Y a plus à hésiter. On va essayer d' faire allonger les mômes. Peut-être qu'elles savent où sont les diams. »

En voyant la lourde du salon s'ouvrir, Yvonne écarquilla des carreaux stupéfaits. Devant les trois gonzes au teint bistre qui, de leurs yeux noirs et de leurs flingues la braquaient, elle laissa dégringoler son guindal en cristal de Bohême.

Ida qui tournait le dos aux Ratons, se retourna. Elle amorça un cri, vite étranglé dans sa gorge. D'une louche tremblante, elle reposa la bouteille de Contrexéville sur un plateau. Elle bredouilla :

« Qu'est-ce que... qu'est-ce que vous voulez?

— Ferme-la, commanda Pierre Sora. Les questions, c'est nous qu'on les pose. Où est ton homme?

— Mario? J' sais pas. P' t'être chez Fredo, au poker. Pourquoi? »

L'indication lui avait échappé sous l'effet de la surprise. Elle se ressaisit vivement.

« A moins qu'il se soit tracé en voyage. C'est possible. Y m'dit jamais où y va. »

Elle venait de retapisser les trois Sora qu'elle connaissait de vue. Qu'est-ce qu'ils foutaient chez elle?

« Où sont les diams? » lança l'aîné des Bics.

Ida le frima, ahurie :

« Les diams? Quels diams? J'suis pas au coup. Qu'est-ce que vous voulez dire?

– On va t'tuyauter, ironisa Pierre. Le casse de chez Barier... Pas au courant? »

Ida secoua sa longue chevelure :

« Non...

– Pourtant, poursuivit l'autre en reglissant son calibre dans sa fouille, y a trois jours, Mario, César, le Suédois et Tony sont bien sortis ensemble. »

La femme à Mario leva une main ignorante.

« N'essaie pas d'nous doubler! cria Pierre. J'le sais, César nous a affranchis. On l'a cravaté hier soir... »

Le cerveau d'Ida fonctionnait à plein. Elle entravait à présent; la Stein l'autre sorgue, le lardeuss de Mario jeté précipitamment sur la table, la présence de Tony et de Jo à cette heure tardive. Sans compter le pote à Mario venu de Milan. Barier, hein? Ils n'avaient pas mégoté, Mario et ses amis. Les canards parlaient de deux cent cinquante briques! Ainsi, tout ce pognon était là chez elle? Ça devait pas être du flan puisque les Troncs l'affirmaient. La disparition de César depuis la veille s'expliquait. Entre les pognes des

Bics, qu'il avait été le p'tit mec de Milan, toutes ces heures. Il avait dû se mettre à table... Sinon, pour quelle raison les Sora seraient-ils là?

« J'suis pas au courant, dit-elle. Si vous croyez que Mario m'rencarde sur ce qu'il maquille... »

Ahmed lui balança une va-te-laver.

« Où qu'est planquée la came? gronda-t-il. Tu vas nous le dire, salope!

— Sale Crouillat! beugla Ida, en se frottant la joue. Si tu crois que j'vais... »

Ahmed lui cingla la poire d'une serviette qui traînait.

« Où est la came? » répéta-t-il.

Il frappa de nouveau. Ali empoigna le bras de son frangin.

« Attends! »

Son œil noir alla cueillir Yvonne qui, en jupe et soutien-gorge, claquait des crocs.

« Dis donc, toi la môme! Approche un peu. »

Quand elle fut devant lui, il lui happa le poignet.

« Alors, mon p'tit bébé, tu sais p't'être où est caché ce que nous cherchons, toi?

— Non... non... non, monsieur, bafouilla le doublard à Mario.

— Si... si... si, la singea Ali. Magne-toi de nous l'dire, bébé, magne-toi. »

En même temps, il se mit à lui caresser l'épaule. Au contact de cette peau blanche, une lueur étincela dans ses yeux de drogué. Un peu grasse, la fille. Comme il les aimait.

« Eh bien?
— Voyons, monsieur... » se rebiffa Yvonne, tremblante.

Ali tira sur un ruban. Le ruban cassa. L'un des nichons de la môme jaillit, rond, provocant. Le Bic y enfonça ses ongles. Pierre esquissa un pas en avant, puis haussa les épaules. Après tout...

« Eh bien, mon bébé, reprenait Ali. On veut pas l' dire? »

A pleine main cette fois, il empoigna le sein qu'il laboura de ses ongles durs.

Yvonne beugla en reculant.

Ali la rechopa, la plaqua contre lui. Rien n'existait plus que cette chair veloutée, affolante. Ses mains fourragèrent sous la jupe. Livide de frousse Yvonne ne réagit pas. Si c'était ça, faire la noce... De ses doigts, Ali lacéra un voile rose. Il haletait. D'un croc-en-jambe, il renversa le doublard à Mario et s'abattit sur elle, et là, sur le tapis, devant les autres, il la sabra.

Autiché par ce tableau, voyant que Pierre n'allait pas au cri, Ahmed allongea sa griffe vers Ida. A l'orientale qu'il allait la tringler, celle-là. Ça lui rabattrait un peu son air prétentieux!

« N'y touche pas! ordonna Pierre, s'interposant. Pas elle. On en a besoin. T'entends! »

Et du regard, il tint son frère en respect.

Celui-ci, les lèvres retroussées sur ses dents pointues, recula en grondant.

« Tu vas tuber à ton homme, dit l'aîné à Ida.

Dis-lui qu'il rapplique ici, que t'as besoin de lui. Enfin, sors-lui le baratin qu'tu voudras, mais fais-le radiner. T'as pigé?

— Où voulez-vous que j'le touche? Puisque je vous dis... j'vous assure... », gémit-elle.

Elle s'interrompit, se tourna vers les pieds de la table là où deux corps s'affrontaient. Ahmed, qui venait de succéder à Ali, besognait les dents serrées, la sueur aux tempes. Son chapeau avait roulé sous une chaise. Peu après, il poussa un cri de triomphe, puis se releva sans se soucier de reboutonner son pardessus. Indifférent, Pierre Sora enjamba le corps aux trois quarts nu d'Yvonne et s'empara d'un bottin, qu'il jeta sur la table. La fille ne le vit pas, ne remua pas. De trac, elle s'était évanouie. Elle n'avait pas le battant bien accroché, la môme...

Pierre Sora montra le bottin à Ida :

« Cherche le numéro d'chez Fredo et appelle ton homme.

— Mais puisque j'vous dis qu'il est en voyage... »

Déjà, Ali feuilletait l'annuaire.

« Ça y est, jubila-t-il. TRI.90-00.

— Bon, grommela Pierre Sora, scrutant Ida d'un œil méfiant. Vas-y, mon p'tit. Demande ton Jules. Et pas d'impairs, hein! J'vais prendre l'écouteur. »

Il accompagna Ida jusqu'à l'appareil placé dans un angle de la turne. En passant devant Ali, il lui envoya un duce. Celui-ci tira son rasoir de sa poche, l'ouvrit.

« Allô! balbutia faiblement Ida, affolée par la lame de rasoir qui lui frôlait la gorge. Allô! m'sieur Fredo? Est-ce que Mario est chez vous?... Oui. Passez-le-moi, voulez-vous... d' la part de sa femme. »

« Mon Dieu! songeait-elle. Ils vont me le buter si j' le fais venir. Et si je leur indiquais la planque? »

Quoique son homme ne lui eût rien dit, elle se doutait du coin où les diams devaient être planqués. Sûr qu'il les avait mis dans la cache derrière le buffet : un rectangle, invisible à l'œil nu, découpé dans la boiserie recouvrant cette partie du mur. N'était-ce pas là qu'il planquait ses flingues, ses fausses brêmes d'identité, ses passeports balourds et un tas d'autres trucs qu'un truand comme lui, appelé à se mettre en cavale du jour au lendemain, se devait de toujours avoir à portée de la main?

Mais si elle affranchissait les Ratons, elle savait que Mario ne passerait pas les dés. Il ne lui pardonnerait jamais.

« Allô! Mario? fit-elle en reconnaissant la voix de celui qu'elle aimait, j'ai besoin de te...

— Ça va mon chou? coupa la voix au bout du fil. Moi, j' suis en pleine forme, ce soir. J'affure déjà près d' trois cents sacs. Et toi, qu'est-ce qu'y a? Qu'est-ce que tu veux? C'est vrai qu' tu parais toute drôle. Ça gaze pas? »

Ali appuya légèrement avec son rasoir.

Au contact de l'acier froid sur son cou, Ida sentit sa peau se hérisser.

« Pas trop, murmura-t-elle. J'me sens pas bien. Si tu voulais venir de suite, je... »

Elle ferma les yeux. L'image de Mario sanglant, torturé par les Crouilles, passa sur sa rétine. Elle le connaissait, son homme. Elle savait qu'il préférerait crever plutôt que de s'allonger. Et même s'il le faisait, ça ne le sauverait pas. Les Bics...

« C'est bon, décida-t-il au bout du fil. J'arrive. Le temps de m'faire régler et... »

Ida rouvrit les châsses. Ses traits se figèrent. Elle s'écarta du rasoir le plus qu'elle put, et se mit à hurler dans l'appareil :

« Viens pas, Mario, les Sora sont ici. La bijouterie... César vous a balan... Ah!... ah!... ah!... »

D'un geste sec du poignet, Ali venait de lui trancher la gargane. Un flot de sang alla poisser de rouge le noir de l'ébonite.

« Allô! Allô! Ida! criait Mario. Allô! Allô! Ida... »

Pierre Sora, convulsé de rage, coupa la communication.

« La garce! La salope! Trissons-nous de là! Vite. L'autre va radiner avec un renfort. Barrons!... »

Tous trois foncèrent vers la sortie. Sur le palier, Ahmed fit demi-tour.

« J'vous rejoins », dit-il, son calibre à la pogne.

Ce ne fut pas long.

Les deux Sora entendirent une, deux détonations étouffées, puis leur frangin les rattrapa en bas. Ils décarrèrent de l'immeuble, se perdirent dans la nuit.

CHAPITRE X

« Voyons, Dorothée! reprocha Tony, courbé sur la cage de ses piafs. T'as pas fini d'avoiner ton Jules? »

Il ajouta, en souriant au gros serin :

« Et toi, s'pèce de cave, tu peux pas la rembarrer? »

Pour les calmer, il recouvrit la cage d'une housse sombre :

« Faut faire dodo, les enfants. Il est tard. »

Comme pour confirmer ses paroles, une horloge voisine expédia aux quatre coins de la sorgue douze coups prolongés.

Le Stéphanois retourna vers son divan.

Il n'avait pas mis les panards dehors de toute la journée. Une moche fièvre le minait. Avec la chute des feuilles... Son dos était marqué par les ventouses que lui avait posées Louise, la lamdé au Suédois. Se sentant mal bigorné le matin, il lui avait passé un coup de grelot. Son homme étant en voyage, elle était radinée avec son gosse et n'avait quitté Tony qu'au soir. Elle avait fait vinaigre à transformer la carrée. Après avoir refusé l'aide de la femme de ménage, elle avait tout briqué de sa propre main. Ça reluisait. En remontant du marqua, elle avait apporté des roses qui, maintenant, s'épanouissaient dans un vase. Dans la cuistance, rôdait encore l'odeur du fameux bouillon qu'elle avait préparé. L'œil de Tony accrocha une étagère. Il sourit en n'y voyant plus sa belle potiche bleue. Son filleul l'avait cassée dans l'après-midi. Sacré mioche. Heureusement que Louise n'avait rien entendu...

Il se baissa, glissa sa pogne sous le divan pour récupérer les morceaux, là où il les avait camouflés. « Va falloir que j'attrique une voiture électrique au p'tit », songea-t-il.

Comme il allait jeter les morceaux de la potiche dans la boîte à ordures, le timbre de l'entrée retentit, suivi du signal que seuls connaissaient ses deux, trois amis.

« Tiens! s'étonna-t-il, Jo déjà? Pas possible, il doit encore être à Londres! »

Il se débarrassa des morceaux de potiche, ouvrit un tiroir et le P.38 fauché au Bordelais à la griffe, il se dirigea vers l'entrée.

« Qui c'est? » demanda-t-il.

Pour éviter de se faire allumer à travers la lourde, il se tenait le dos au mur, aux aguets. Pas fou le Tony. Ça serait pas la première fois qu'un mec se ferait truffer du plomb à travers une porte. Les voyous qui l'auraient dessoudé de cette façon ne manquaient pas...

« C'est Mario! répliqua une voix sur le palier. Ouvre, Tony! Fais vite! C'est moi... Mario! »

Et retapissant la voix du Rital, le Stéphanois obéit.

« Qu'est-ce qui t'arrive? »

Devant la frime décomposée de l'Italien, il pressentit le pépin.

« Les frères Sora... Y sont chez moi et...
— Et quoi? fit Tony.
— C'est Ida qui m'a appelé chez Fredo. Elle a commencé à m'dire de la rejoindre, puis elle a gueulé : « Viens pas! Les Sora sont là... La Bijouterie... César vous a balancés. »

Le Rital passa une main tremblante sur son front.

« Ensuite, elle a hurlé... hurlé... Puis quelqu'un a raccroché l'cornet... J'crois qu'ils l'ont... »

Déjà, Tony était retourné dans son studio.

« Va m'chercher d'l'aspirine à la cuisine! lança-t-il. T'en trouveras sur le buffet. Louise en a apporté. Délaie-m'en trois cachets. »

Quand le Rital s'amena dans la carrée, Tony achevait de se fringuer.

« La Stein... » dit-il, en s'emparant du verre.

Puis, se souvenant que la mitraillette était restée chez Mario le soir du casse, il reprit sèchement :

« Y a une Thomson sous les draps, dans l'armoire. »

Il vida son godet d'aspirine, se coiffa d'un Stetson bleu et, sans un regard à son divan douillet, entraîna le Rital.

*

La décapotable de Mario fonça dans le Magenta, remonta le Barbès, traversa les places d'Anvers, Pigalle, Blanche, Clichy et, peu après, dans un grincement de freins, stoppa dans la rue La Condamine. Mario dut cavaler pour rattraper le Stéphanois qui était descendu en voltige.

Ahmed n'avait pas rebouclé la lourde de chez Mario. Aucun des voisins n'avait bronché. Si les deux coups de calibre leur étaient parvenus aux esgourdes, ils avaient dû les confondre avec des bouteilles de champ' qu'on débouche. Avec un locataire comme l'Italien, ils devaient être habitués à ce genre de divertissement.

La lumière brillait toujours dans la pièce voisine du salon. Tony s'y entifla le premier.

« Vain Dieu! »

Tout coriace qu'il était, le spectacle s'offrant à lui était duraille à later. Yvonne, jupes relevées, était restée étendue sur le tapis, là où les deux Bics l'avaient pointée. C'est elle qui avait effacé les coups de flingue. Le raisiné moussait sur sa poitrine, autour d'un trou, moche à voir.

Ida était affalée au pied du meuble supportant le téléphone. Ce qui s'était présenté à elle au dernier instant se reflétait dans ses yeux, demeurés grands ouverts. Sa face, ses mains, tout ce qu'on pouvait gaffer de sa peau, offrait l'aspect de la cire fondue. Plus un gramme de raisin dans le corps, la gagneuse à Mario! A l'extérieur qu'il était. Elle baignait dedans.

La carrée sentait l'abattoir. Ça donnait envie de dégueuler.

« Vain Dieu! répéta le Stéphanois d'une voix sourde. Les tantes! »

Mario entra à son tour. Devant le cadavre de sa nana, il demeura tête inclinée, les bras ballants : au bout de l'un d'eux pendait la Thomson. Il n'en bonnissait pas une, le Rital. Non. Ça le dépassait. Tant de vacherie...

Tony, qui venait de s'agenouiller près d'Yvonne, se redressa, épousseta machinalement le bas de son froc. Le doublard à Mario n'aurait plus besoin de se casser le caberlot pour lever des miches. De ses deux balles, Ahmed l'avait foutue dans le néant. Ça devait pas faire longtemps qu'elle l'avait glissée, car sa chair était douce, tiède, comme au sortir du page.

« Faut mettre les adjas, mec, dit Tony empoignant Mario par le bras. Restons pas là. Mais avant, gaffe s'ils n'ont pas mis la pogne sur le lacsé.

– Le lacsé? murmura le Rital, dans le cirage.

– Oui, les diams, spécifia le Stéphanois en obligeant Mario à se détourner d'Ida.

– Ah oui! les diams! répéta machinalement ce dernier.

– Bon Dieu d' bon Dieu! jura Tony. Récupère, mec! Faut pas laisser les Sora voir ce coup-là à l'œil. »

Au nom des Sora, Mario sursauta, se secoua, grinça :

« Les Sora? Attends que j'leur mette la main sur le râble, attends... »

De la manche de son manteau, il essuya son front baigné de sueur froide.

« Barrons-nous, tu veux? reprit-il les dents serrées.

— D'accord, fit Tony. Seulement, n'oublions pas le ganot.

— Juste, soupira Mario, l'esprit absent. N'oublions pas le ganot. »

Il se déchargea de la Thomson, courut vers le buffet, le déplaça, se glissa dans l'interstice. Quand il réapparut, il avait le sac au poing. Si elle avait pu mater le regard que son homme lui décocha, Ida, elle en aurait été heureuse pour toujours.

Quoi qu'il ne l'eût pas mise au courant du casse, il savait qu'elle connaissait la planque où il rangeait tout ce qui ne voyait pas le jour. Et qu'automatiquement, si elle avait voulu s'allonger pour se tirer des pattes des Crouilles...

« En route! ordonna Tony. On va déposer la came chez Louise. »

Mario laissa échapper un geste signifiant que, pour lui, tout ça n'avait plus d'importance. Ce qui comptait, c'étaient les Sora... la vengeance.

*

La lamdé au Suédois ne posa pas de question quand Tony la réveilla. Par l'implacable volonté qu'elle exprimait, la frite du Stéphanois n'incitait pas aux bavardages.

« Bon, dit-elle simplement. J'vais vous garder le sac, Tony. Tout de même, vous devriez vous ménager, ajouta-t-elle devant ses traits tirés, ses pommettes roses. Après avoir eu des ventouses, c'est pas prudent d'sortir.

– Vous inquiétez pas, mon p'tit. Bonsoir. »

Elle le regarda descendre les marches, soupira, reverrouilla sa porte. Ces hommes!... Surtout le sien... Jamais elle n'avait su au juste...

Mais elle savait qu'elle n'ouvrirait pas le sac qu'elle tenait à la main.

« Ça y est, dit Tony en regrimpant dans la décapotable au Rital. Maintenant, au Cimeterre-d'Or. On laissera la Thomson dans la tire. C'est trop voyant. T'es chargé? »

Sans lâcher le bout de bois, Mario, du coude, tapota la fouille de son lardeuss; une bosse la déformait. D'après la grosseur, ça devait pas être un pistolet à bouchon!

L'Italien rangea sa carriole devant une Packard arrêtée près de la boîte à Pierre Sora. Tony et lui, l'un derrière l'autre, pénétrèrent dans la turne. La nouba fonctionnait à plein : cris, rires, chahuts, tout le saint-frusquin habituel.

« Vestiaire, messieurs! » lança la frangine responsable.

Ils l'écartèrent sans répondre. Rapidement, Tony chercha dans sa salle. Rien de ce qu'il cherchait. Il reporta son regard, à gauche, vers le bar. En reconnaissant le gérant, un muscle bougea au coin de sa joue. Toujours suivi de Mario, il se dirigea vers le gniard.

« Salut, dit-il. On peut causer?

— Mais oui, messieurs, répondit l'autre avec un petit sourire forcé. J' vous écoute. »

Il venait de retapisser le Stéphanois. Cette visite lui bottait pas beaucoup. Tony zieuta autour de lui avant de lâcher :

« Pas ici, j' préférerais...

La poche droite de son pardessus se souleva un tantinet. Le gérant abaissa ses carreaux. Il avait compris.

« Voyons, messieurs. Avec plaisir... Si vous voulez m' suivre... »

Il les mena au premier, dans le burelingue de Pierre Sora.

« Asseyez-vous, dit-il, en désignant deux sièges. Voulez-vous que j' vous fasse monter... du quoi?

— Ta gueule! coupa le Stéphanois. Où est l' taulier? »

Le Raton écarta les bras :

« J'ignore, messieurs. Nous ne l'avons pas vu de la soirée. »

Il phrasicotait, le Crouille. C'est à son boulot de marchand de soupe qu'il avait dû apprendre à jaspiner le français!

« Et ses frangins?
— Eux non plus, messieurs. Pas vu aucun des trois, j'vous l'jure. D'ailleurs, ça m'étonne. D'habitude...
— Où qui perche, ton taulier? » jeta le Stéphanois.

Le Bic lui lança un regard rusé, vite caché par ses longs cils.

« Comment le saurais-je?...
— Pas d'baratin », conseilla Tony en faisant frimer son calibre.

Il le pointa sur le Crouille et ricana :

« Si tu crois qu'on est là pour s'marrer, mon pote, tu t'goures! »

Le gérant les gaffa l'un après l'autre. Ils ne prêtaient pas à rire, les mirontons! De vraies tronches de tueurs, qu'ils avaient.

« Peut-être qu'en cherchant bien... dit-il.
— Pour sûr que tu vas t'rappeler, mon pote! fit le Stéphanois. Et magne-toi la raie si tu veux pas qu'on se fâche.
— Alors? s'impatienta Mario. C'est oui? C'est non? »

Sa paluche aussi exhibait de l'artillerie. Le Bic capitula :

« C'est bon. M. Pierre demeure au 292 rue de Courcelles. Quatrième, porte en face. »

Un pâle sourire erra sur les lèvres du Stéphanois.

« Merci, dit-il. Maintenant en route, mon pote!
— En route? s'étonna le gérant.

– Eh oui! Tu viens avec nous. Prends tes fringues et affranchis ta smalah que t'as une course urgente. Et n'essaie pas d'nous faire un douze, sans quoi... »

*

Sans encombre, ils décarrèrent du Cimeterre-d'Or. Dans la bagnole qui les emmenait en trombe vers le gourbi du caïd des Sora, le gérant, coincé entre les deux truands à l'avant, se racla la gorge.

« J'me suis peut-être gouré, les gars, avoua-t-il. Je crois que Pierre crèche au 124, rue de Gérando. »

Tiens! Il ne phrasicotait plus, le Raton!

« Ah! oui?..., fit Tony. Ça arrive à tout le monde de s'foutre dedans, mon pote... »

Et d'un coup de manchette, il retroussa le pif du Bic.

Mario freina brusquement, prit un virage en épingle à cheveux et reprit la direction de Montmartre.

*

Devant la porte de chez Pierre Sora, Tony se planqua derrière le gérant.

« Sonne », ordonna-t-il.

Du canon de son calibre, il cogna le Raton au creux des reins. Celui-ci obéit. Son assurance de tenancier de boîte de nuit s'était fait la paire. Il s'était cru marle en indiquant une adresse bidon...

La porte se déboucla sur Mado. Elle décambulait du paddock, ça se voyait. Elle frotta ses paupières, mata l'homme de barre de son Jules :

« Vous ici? Comment s'fait-il... »

La fin de sa phrase lui resta dans la gorge.

Tony venait d'écarter le Bic.

« Toi? fit-elle. Toi ici?

– Où il est, ton empaffé de Crouille? » jeta Tony en pénétrant d'auto dans le casino.

Mario poussa le Bic devant lui, s'entifla à son tour. Il referma la lourde, s'y adossa, la Thomson sous le bras, en position d'arrosage.

Par-dessus l'épaule de son ancienne gonzesse, le Stéphanois scruta les portes closes qui donnaient sur l'entrée. Une seule, dans le fond, était entrebâillée. Une lampe de chevet éclairait un plumard défait :

« Eh bien?

– J'sais pas c'que tu lui veux, dit-elle. Mais je t'assure, Pierre n'est pas là.

– Comme tu voudras, dit Tony en lui empoignant le bras droit. Fais-moi visiter la piaule. Si tu as charrié, tant pis pour tout le monde. »

Pièce par pièce, sans lâcher la sœur, il visita la cambuse, prêt à essuyer une rafale. Il en avait dans le baquet, le gonze. En dépit de la tension nerveuse, il restait maître de lui. Seul son index, crispé sur la détente du flingue, frémissait.

« Pas un rat, dit-il au Rital quand Mado et lui

revinrent dans l'entrée. Après ce qu'ils viennent de maquiller, ils ont dû s' mettre à l'abri. »

Du regard, il tâta la frangine :

« T'as pas idée...

— Non, fit-elle précipitamment. A part ici, j' vois pas où ils ont pu s' camoufler.

— Et toi? » gronda Mario en cognant dur l'abdomen du gérant, du canon de son moulin à café.

Le Bic, collé au mur, les jambes flageolantes, grimaça :

« Faites gaffe, supplia-t-il. Ça peut partir votre engin... »

Mario le frima méchamment. D'habitude, ses yeux, d'un noir tendre, plaisaient aux filles. En ce moment, ils auraient foutu le taffe à un flic en tenue de campagne.

« C'est toi qui choisis », dit-il.

Ses lèvres se retroussèrent sur un rictus, ses bacchantes de jeune premier se hérissèrent. Il recula en levant son arme.

« Non, non, implora le gérant. Tirez pas. »

Un léger déclic piqua le silence. La gâchette venait de dépasser la marge de sécurité.

« J' vais vous dire, haleta le Crouille. J' vais tout vous dire... Le patron possède une villa à Champigny. *Les Iris* qu'elle s'appelle. »

Mario, des châsses, interrogea le Stéphanois.

« Ça va, dit celui-ci. Allons-y. Le mec va nous y conduire. Pas la peine de le laisser derrière nous pour qu'il leur téléphone. »

Et, vers son ancienne Julie :

« C'est valable pour toi aussi. Harnache-toi en vitesse. »

Il l'accompagna dans sa chambre.

« Mais enfin, Tony, pourquoi que tu l'as à la caille après les Sora ? A cause de moi ?

– Te bile pas pourquoi, dit-il d'un air sombre. Magne-toi de t' saper. »

Elle enfila une robe. Il ne sourcilla pas devant son ventre strié de croûtes suppurantes, ni devant l'énorme pansement qui lui entourait les roberts.

*

Aucun des quatre n'émit une parole durant le trajet. Ce n'est qu'à l'entrée de Champigny que Tony, assis à l'arrière à côté du gérant, grommela à l'intention de ce dernier :

« A présent, à toi d'jouer. Tâche de pas nous doubler, mon pote. J' te l' conseille pas. »

Obéissant aux indications du Bic, Mario, cinq minutes plus tard, stoppait sa Salmson devant la baraque à Pierre Sora. D'une maison proche, un roquet lança deux, trois jappements hargneux. De plus loin, un aboiement puissant lui fit écho. Des nuages noirs écrasaient les toitures des bicoques. Aucune lumière ne filtrait des fenêtres. A cette heure tardive, les habitants devaient ronfler sagement.

Tony s'approcha de la grille, se fouilla. Pour un casseur comme lui, c'était de la tarte, cette serrure. Le temps de la chatouiller d'une caroube et elle s'inclina.

Il revint vers la tire :

« Alors? demanda Mario sans cesser d'épier Mado et le gérant à ses côtés.

– Ça gaze, fit le Stéphanois. Seulement... »

Son poing, alourdi du P.38, troua la noïe. L'homme de barre de Pierre Sora s'abattit aux pieds de Mado.

Instinctivement, la gonzesse recula.

« Mon Dieu! » gémit-elle en portant une pogne à sa bouche.

Ses dents s'entrechoquaient. Elle avait le tracsir. Elle sentait peser sur elle le regard indécis de son ancien Julot.

« Je n'crierai pas, Tony, je n'crierai pas! Ne m'fais pas d'mal. J'te jure que j'me tiendrai peinarde. »

Elle s'enhardit, alla jusqu'à le toucher :

« Dans le temps, tu n'frappais jamais sur une femme, Tony! T'as pas chanstiqué à ce point?

– Et les Sora? grinça l'Italien. Y s'grattent, eux, pour bousculer les gonzesses? Y m'ont buté la mienne, ces enviandés... La môme aussi... »

Mado s'affola. Elle écarquillait des yeux épouvantés.

« Oh! Tony! C'est vrai c'qu'il dit ton pote? Oh!... les fumiers! »

Le cri lui était venu du cœur. Ça se sentait.

« Ça va, dit à regret le Stéphanois. Remonte dans la bagnole et n'bouge pas quoi qu'il arrive. »

Comme il allait s'éloigner, Mado lui agrippa le bras :

« Donne-toi-la, dit-elle. J'sais pas si Pierre et ses frangins sont ici mais j'suis sûre qu'y a quelqu'un. Hier matin, Pierre, par téléphone, a donné des ordres au mec qui lui sert de chauffeur.

– Merci », fit Tony.

Et il ajouta aussitôt en se marrant sec :

« J'croyais qu'tu savais pas qu'ton Crouille avait une planque! »

Sans attendre d'explications, il haussa les épaules et se traça vers l'allée où Mario s'impatientait.

Ils contournèrent la bâtisse, n'esgourdèrent aucun bruit. Sur l'arrière de la turne, le Stéphanois repéra une fenêtre à guillotine. Il fit un rétablissement, s'assit sur le rebord et turbina en silence. Au bout de quelques minutes, il se pencha vers le sol.

« Ça y est, Mario. »

L'un et l'autre se laissèrent couler dans une cuistance bourrée de meubles laqués en crème jaunâtre. Ça devait pas être loquedu à mijoter la jaffe là-dedans. Ça ressemblait à une clinique. Sans faire de boucan, ils commencèrent à explorer les pièces avoisinantes. Que dalle. A la quatrième, alors que Tony se préparait à ouvrir la lourde, un gémissement leur parvint qui les figea sur place.

« Y a quelqu'un », murmura Tony à l'oreille de Mario.

Et, lui prenant la mitraillette des mains :
« Paré? »

Là, ils cessèrent de jouer les Fantomas. La

Thomson à la hanche, Tony, d'un coup de godasse, ouvrit la lourde. Mario, d'un crayon lumineux, cherchait l'interrupteur. Un grognement dans la carrée... Le bruit d'un flingue qu'on arme... Un éclair zébra l'obscurité. Tony expédia sa purée dans la direction... Un cri. Le bruit mou d'un corps qui culbute. Mario, d'un bond, se colla au mur, allongea la griffe. La lumière inonda la piaule. Un Bic, au pied d'un divan, se tenait le ventre. Du raisin coulait de sa bouche. Dans l'angle de la pièce, ficelé comme un saucisson de son pays, le p'tit César, allongé sur le tapis, les gaffait d'un œil vitreux. Il était pas girond, le p'tit mec. Le sang avait séché sur ses blessures; quant à ses panards, des linges sales les entouraient.

Mario s'élança en jurant, décarra une saccagne de sa glaude et trancha les liens de son équipier.

« Y a-t-il du monde, à part vous? » demanda-t-il vivement en italien.

Mollement, de sa face tuméfiée, César fit signe que non. Personne.

« T'es sûr? »

César hocha la tête.

Mario dut le porter pour l'installer dans un fauteuil. Le p'tit Rital pouvait plus arquer.

« Demande-lui comment ça s'fait qu'les Sora ont été affranchis qu'il était dans le coup d'chez Barier », commanda Tony.

Mario traduisit la question. Au fur et à mesure que César lui répondait, un masque d'ahurissement se peignait sur ses traits. Quand César, à bout de forces, laissa aller son menton sur son pardessus tailladé, souillé de sang et de vomissures, Mario détourna la tête.

« Alors? » fit le Stéphanois.

Au pied de son divan, le chauffeur de Pierre Sora émit un gargouillement, laboura le sol de son talon, puis se raidit.

« Alors? » répéta Tony.

Mario lui fit face.

« Faut pas trop lui en vouloir, Tony, commença-t-il. Il s'est autiché de la chanteuse du Rêve-Bleu et...

— Et? »

Mario courba le trognon, se mordit l'ongle du pouce :

« ... Et il lui a fait un cadeau... Une bagouse qu'il avait étouffée dans l' coffiot sans nous avertir.

— Mais les Sora, comment qu'ils l'ont su?

— Elle est maquée avec l'un d'eux, confessa Mario.

— Ainsi, tout part de là, grinça le Stéphanois. Tu peux dire que ton pote... »

Ses doigts pâles caressèrent le canon de la Thomson.

« Tony! » supplia Mario.

A cet appel, le p'tit César releva le front. Physiquement, il ne valait plus une thune. Moralement...

« *Stai bene Mario*, dit-il d'un ton las. *E in regola*[1]. »

Les dents serrées, Mario gagna la lourde. Il

---

1. Ça va, Mario. C'est régulier.

savait que César s'était allongé près des Crouilles. Que l'assassinat d'Ida et de la môme venait de la connerie de son ami. Tout de même, à Milan, étant mignards, ils avaient traîné leurs godasses ensemble... C'était duraille... Dans son dos, la Thomson éternua. Il ne se détrancha pas. Il chialait.

*

Sans s'occuper du gérant toujours étendu au bord de la route, les deux voyous regagnèrent Paris. Tony fit arrêter Mario devant une station de bahuts.

« Tu peux te trisser, dit-il à Mado, en débouclant la portière. J'ai plus rien contre toi. C'que j'avais à t'dire, j'te l'ai dit l'autre nuit. Tchao. »

Elle ouvrit la bouche... L'auto était déjà rebarrée.

« Tu m'laisseras en bas de chez moi, dit Tony au Rital. J'vais me zoner. J'tiens plus en l'air. »

Il alluma une pipe, la mâchonna quelques secondes, soupira :

« Pour César... »

La quinte de toux qui le saisit paraissait du chiqué. On aurait cru qu'il ne voulait pas terminer sa phrase. Une fois calmé, il reprit, passant à un autre sujet :

« Pour toi, y a pas trente-six solutions. Faut qu'tu téléphones aux flics. »

Mario fit une embardée.

« Aux flics? Non mais, t'es pas bien!
— Pas autre chose à faire. On peut pas aller chercher tes gonzesses et les foutre dans l'cidre. Un jour ou l'autre, la « Fluviale » les repiquerait. Automatiquement, ils les redresseraient. Surtout Ida, qu'est en carte. Alors, qu'est-ce que tu leur raconteras? Non, crois-moi, opère comme j'te dis. Autrement, ils te le feraient casquer, c'coup-là. Tu vois c'que ça irait chercher? Avec ton pedigree, y t'couperaient le cigare; ça fait pas un pli. Tandis qu'en les affranchissant, tu les prends de vitesse. Tu pourras battre à niort, dire que tu ne sais rien. Tu vas leur expliquer que tu viens de rentrer, qu'tu les as trouvées cannées, les sœurs.
— Mais y vont m'emballer! » se récria Mario.

La cigarette rougeoya aux lèvres du Stéphanois :

« Pardi! Qu'est-ce que tu crois? Qu'y vont t'coller la Légion d'honneur? Oui, y vont t'embarquer. Et après! Avec les témoins d'chez Fredo, ils verront bien qu't'étais pas là au moment où elles ont été refroidies. Ils te relargueront. Au pis aller, ils essaieront d'te faire tomber comme hareng... Mais avec de l'oseille et un bon débarbot, c'est dans la fouille. »

Le Stéphanois baissa la glace, jeta son mégot et conclut :

« Au cas où ça arriverait, j'm'en occuperais. Dans deux jours tu seras dehors. »

CHAPITRE XI

En débarquant à Victoria Station, Jo le Suédois huma l'air de Londres. Ce vieux bled! C'est pas la première fois qu'il y foutait les pinceaux. Les bus rouges à impériale, le brouillard qui encerclait les lampadaires allumés, les bobbys, grands, dignes, avec leur casque en forme d'œuf de Pâques sur le trognon, tout ça lui rappelait d'anciens souvenirs : l'époque d'avant guerre où Tony et lui se satanaient dans le Soho contre les Polaks et les frères maltais pour la suprématie du milieu français.

Né en réalité à la Mouffetard, c'est de ce temps-là que datait son surnom : Le Suédois. Car c'est avec une rallonge importée de ce patelin du Nord qu'il se tapait à l'époque : une saccagne effilée qui jaillissait brusquement du manche, dangereuse, mortelle. Un vrai jet de reptile. Et il savait s'en servir, Jo, de son outil. Il n'était pas le seul. Dans les bouges londoniens, les discussions se réglaient à coups de razif ou de rapière, rarement avec un calibre. C'te connerie. Ça allait chercher trop loin de vider son chargeur dans le baquet d'un concurrent... La cravate de chanvre au bout du parcours. En contrepartie, les flics ne tiraient pas sur les truands pour un oui pour un non, comme aux Etats-Unis : jamais ils n'étaient enfouraillés. Un chouette bled dans l'ensemble pour un gonze mariol. Et si celui-ci par malheur cascadait, c'était aux condés de prouver sa culpabilité, alors qu'en France, le gniard se doit d'établir son innocence. Et c'est pas de la tarte.

Le Suédois donna poliment une adresse au chauffeur et s'entifla dans un taxi. Rien que de se retrouver dans ce bahut, haut de plafond, le fit se marrer. Sacrés Rosbifs! On pouvait presque se tenir debout dans ces guimbardes construites spécialement pour que les clilles puissent s'y asseoir avec leur huit-reflets, du temps que ce bada était à la mode. Ici d'ailleurs, depuis toujours, rupins ou paumés, leur boulot fini, ne songent qu'à se coller sur leur trente et un pour se rendre au spectacle. Drôles de mecs...

Au long du trottoir, face à l'hôtel Piccadilly, le taxi s'arrêta. Le Suédois descendit, carma posément sa course et, sa valdingue à la pogne, tira une sonnette. La lourde s'ouvrit. Le Suédois s'engagea dans un vieux couloir et attaqua un escalier aux marches usées. Lui qui connaissait Lyon, avait toujours trouvé une ressemblance entre les deux patelins. Y se gourait pas tant que ça. Tout y était : les vieilles baraques, le brouillard, les pigeons de Trafalgar Square... et question de débauche le même coup d'hypocrisie chez les habitants. Sur le palier du premier, une gonzesse l'attendait, au seuil d'une porte : un chignon gris torsadé sur le cassis, des lunettes pinçant un tarin pointu, la frime pâle, sévère, l'air d'une institutrice : Peggy, la bonniche à Fifi la Française. Elle lui sourit, s'effaça pour le laisser entrer.

Le glouglou d'une baignoire qui se vidait parvint jusqu'au Suédois. Une voix cria, d'une pièce voisine :

« Excusez-moi, Jo! J'en ai pour une minute. Installez-vous dans le salon et tapez-vous un coup de whisky! »

Le Suédois jeta son trench-coat et son bitos au dos d'un canapé et prit place dans un fauteuil moelleux. Il sourit à Peggy qui lui débouchait une rouille de whisky. La glace tinta dans son godet quand il le porta à ses lèvres. La première gorgée le fit grimacer. Ce goût de punaise... Mais quoi, avec un peu d'entraînement, ça devient un truc pas désagréable à picter.

« Alors? fit une voix derrière le fauteuil. Content d'être là? Ça boume? »

Jo se détrancha vers la nana à Lolo le Marseillais.

« Ça va, dit-il en se levant. Et vous, Fifi? »

Elle n'avait pas beaucoup cambuté depuis qu'il l'avait vue. Pourtant, ça faisait près de sept piges de ça. Elle lui décocha son sourire de brave fille :

« Ça biche, répondit-elle. Mais on ne rajeunit pas, hein, Jo?

– Ma foi...

– Lolo m'a tubé qu' vous arriviez. Peggy vous a

préparé votre carrée. Vous y serez plus peinard qu'à l'hôtel.

— Merci », dit-il simplement.

Ça lui bottait de descendre dans le flat à Fifi. Il s'y ferait moins repérer qu'à l'hôtel et risquerait moins de questions. Elle lui offrait l'hospitalité. C'était régul. Il aurait agi de même.

Les voyous d'avant guerre avaient conservé la vraie franc-maçonnerie du mitan. Dans n'importe quel port, n'importe quel bled du monde, dès l'instant qu'un homme s'amenait précédé d'un bon papier, il était sûr d'être épaulé.

« J' vous ai apporté des pipes », dit-il en débouclant sa valdingue.

Il spécifia en les lui tendant :

« Achetées place Clichy. »

Elle prit les packsons de Gauloises, les renifla, s'exclama :

« Ah! ce vieux Paname! Ici, à fumer leur foin, j'arrête pas de tousser. »

Elle en alluma une, tira dessus voluptueusement et se rencarda :

« Longtemps qu' vous avez vu Lolo?

— Non », dit-il.

Il suivait des châsses Peggy qui se traçait avec sa valouse.

« On a bu le coup ensemble hier.

— Il va bien?

— Oui. Il espère monter vous voir un d' ces jours.

— C'est-y qu'il s'ennuierait! » s'exclaffa Fifi, qui ajouta aussitôt :

« Ah! cui-là! Si j'descendais pas d'temps en temps à Paris... Quand j'pense que j'me suis farcie toute la guerre ici sous les bombardements et qu'le premier mot qu'il m'a sorti en m'revoyant au bout de quatre piges a été : « Comment vas-tu, mon baigneur? »

Fifi éclata de rire :

« Parole, on aurait cru que j'l'avais quitté d'la veille! »

Elle passa une paluche endiamantée dans sa tignasse rousse. Un reflet tendre éclaira ses yeux verts :

« Dieu! avoua-t-elle, c'que j'ai pu me faire comme mouron pour lui pendant ces quatre ans. Avec tous ces Fridolins en France, j'en pionçais plus. J'avais le trac qu'y se mouille avec eux et qu'y s'fasse flinguer dans un coup idiot. »

D'une main preste, elle reversa de quoi écluser au Suédois, sans oublier de se fader elle aussi. Ce geste mit sa ligne en valeur. Quoiqu'elle eût dépassé les trente-huit carats, elle s'était pas mal conservée. Son tailleur noir, son chemisier de dentelle, la nippaient drôlement bien. Ses lattes vernies, à hauts talons, accusaient la minceur de ses chevilles.

« Et vous, Jo? demanda-t-elle. Paraît qu'vous avez un môme? J'ai appris ça. Comment qu'c'est son blaze?

– Tonio. »

Par-dessus son guindal embué, elle le gaffa, amusée :

« Tonio, hein? Tony, comme ce vieux Stéphanois! Lui aussi, j'ai appris qu'il était décarré du placard. Cinq berges qu'il s'est appuyé, non?

— Oui, et il en est pas sorti vaillant de ses cinq longes, oh, non!...

— Qu'est-ce qu'il a?

— Tube.

— Merde! Pauvre Tony. Vous lui donnerez l'bonjour, Jo. »

La sonnerie du téléphone retentit à côté. Fifi tourna le cou vers Peggy qui, dans l'encadrement d'une lourde, lui envoyait le duce.

« Excusez-moi, Jo. »

Lorsqu'elle revint, elle souriait comiquement :

« J'suis désolée, Jo. Un de mes bons clients doit venir. Moi qui comptais tortorer avec vous, ce soir... De toute façon, Peggy vous servira la croûte dans vot' chambre.

— Vous cassez pas l'bonnet, Fifi, dit le Suédois. Ça tombe au poil. J'ai un rencart au Tivoli à huit heures. Après, j'irai me retremper un peu dans le Soho. P't'être que j'irai briffer chez Berlemond ou ailleurs. Vous bilez pas pour moi en tout cas. J'm'arrangerai. »

Il alluma une pipe et reprit, avec un clin d'œil :

« Ç'a l'air de marcher, le business, à ce que j'vois. Toujours aussi tringleurs, les Rosbifs?

— Ben, soupira la femme à Lolo. J'peux pas m'plaindre. L'un dans l'autre, mes michetons m'sont fidèles. Celui qui doit venir est un d'mes plus choucards. Bourré d'fric. Un zèbre drôlement coté, y paraît. Un grand toubib, ou quelque chose dans c'goût-là. »

Fifi hocha la tête et ajouta, les yeux au plafond :

« Il vient pour la haute école... comme presque tous. »

D'un pas rapide elle traversa le salon et ouvrit une armoire.

« Mince de distraction, sifflota le Suédois devant un alignement de bottes à lacets, de fouets et de trucs du même genre. Toujours aussi vicelards les mecs de ce bled, à c'que je vois.

— Ah! mon pauvre Jo! Flagelle et le toutim... Comme d'habitude.

— Et les Maltais? Encore dans le secteur? »

Fifi repoussa la porte de l'armoire sur les outils de travail.

« Oui, répondit-elle. C'est eux les caïds, à présent. Chacun attelé à cinq, six gonzesses. Moi, ils m'laissent tranquille. J'me mets jamais dans mon tort. Mais y en a d'autres...

— J'ai entendu jacter d'ça, fit le Suédois. Ils ont foutu pas mal de radeuses au train, d'après c'qu'on raconte en France. »

Depuis la guerre, les cinq Maltais avaient mis la pogne sur les putains de la ville, où ils régnaient en maîtres. La nuit, après les heures de tapin, ils allaient sur le tas chercher les Julies, qu'ils chargeaient dans leurs Rolls comme dans un autobus. Lorsqu'une pute maquée avec un hareng français les gênait, ils expédiaient une de leurs nanas pour corriger la récalcitrante. Ils ne se mouillaient pas eux-mêmes. Pas si fous. Leurs putes mettaient les autres sœurs au pli : à coups de razif. Comme les Bics.

Les Maltais avaient tellement maquillé de saloperies aux saurés français qu'ils ne pouvaient plus se rendre en France sans précautions. Un soir, l'un d'eux, débarquant de la Flèche d'Or à la gare Saint-Lazare, n'avait eu que le temps de regrimper dans son pullman. Au bout du quai, près d'un employé, il avait eu le pot de repérer quatre mirontons qui, au parfum de son voyage, l'attendaient... pour une autre balade.

« Bon, j'vais m'tailler, Fifi, dit le Suédois en refoulant une mèche rebelle sous son feutre. J'vais monter tranquillement à pinces jusqu'au Tivoli. Avant, j'voulais vous demander...

– Oui, je sais, Jo. De l'artiche? Lolo m'a dit d'vous refiler c'que vous aurez besoin. Cent livres, ça collera pour ce soir? »

Le truand enfouit les biftons dans sa ballade, en vrac. Pas besoin de compter. Il dit :

« Bonsoir, Fifi. A plus tard. »

*

Sans chanstiquer de trottoir, le Suédois, en flânant, alla vers son rembour. Il n'était pas loin de huit plombes. Déjà des sœurs en robe du soir, des gonzes en smoking, se baguenaudaient dans les rues. La purée de pois commençait à s'épaissir. Des flics arquaient deux par deux, d'un pas majestueux.

Le Suédois s'enquilla dans la porte à tambour du Tivoli. Un bon troquet, accueillant et tout. Des tentures accrochées où il fallait ne laissaient pas la moindre chance à un courant d'air de passer. Les tapis étaient tellement épais qu'on pouvait s'y exercer au saut périlleux sans risquer de se casser les osselets. Aux murs étaient fixées des têtes de gail qu'avaient dû affurer le Grand National de Liverpool ou le Derby d'Epsom. Des mecs suintant le pognon occupaient des sièges capitonnés autour des tables basses. Presque tous ligotaient le *Times* en sirotant leurs godets.

Le Levantin était là, un peu à l'écart. Le Suédois le repéra d'emblée. Après avoir laissé son trench-coat et son bitos aux mains d'un larbin, il le rejoignit.

« Ça va, Jo ? » dit l'autre en français.

Le gniard était gras, luisant : une vraie frime de possédant. Ses tifs bouclés se rebiffaient contre la brillantine. Une perle qu'était pas du pur, dormait sur sa cravate. A un de ses doigts boudinés étincelait un bouchon de carafe qui n'aurait pas déparé les joyaux de la Tour de Londres.

« J'ai lu l'canard, dit-il doucement, entre ses dents. Félicitations. »

De sa paluche, il désignait le journal voisin sur la carante avec un paquet de Player's. Un journal français du matin. Le casse de chez Barier occupait la vedette en lettres hautes de plusieurs centimètres.

« C'est pour ça que j'suis venu, dit le Suédois en gaffant une pépée qui, à une table proche, se refardait le museau. Quand viens-tu mater les cailloux ? »

Le Levantin attendit que le garçon eût placé devant eux un second Martini avant d'élever une main onctueuse et molle :

« Pas si vite, Jo. Pour c'qui est d'traiter l'affaire, on la traitera. Mais faut que j'voie le boss avant. Il est à Amsterdam. Il ne rentrera pas avant deux, trois jours. Je ne peux pas prendre une décision tout seul. C'est gros, ce coup-ci. Un drôle de transfert de capitaux à opérer. Plus de cent briques... Alors, sois patient. Aussitôt que j'me serai mis d'accord avec le boss, j'm'barre avec toi par avion. J'irai estimer la came. C'est une question d'temps, non ? Faut pas être pressé, tu le sais bien. »

Le Levantin alluma une Player's :

« Veux-tu qu'on prenne rencart pour la fin de la semaine ? Vers les cinq heures, au dancing de Piccadilly, par exemple ? J'te dirai ce que l'vieux a décidé. D'accord ?

— D'accord, puisqu'on ne peut pas faire plus vite, grommela le Suédois. Entendu comme ça. »

Il éclusa son verre, et de la pogne, fit le serre au loufiat. Le Levantin allongea sa griffe.

« Laisse, Jo, dit-il. C'est ma tournée. Tu veux venir becter avec moi ? J'connais un petit restau derrière Dean Street... Tu m'en diras des nouvelles.

— Non, merci, répliqua le Suédois en se levant, j'suis attendu. »

Après une poignée de main, il se trissa.

Ça ne lui plaisait pas de décarrer avec le Levantin. Le gonze était régul en affaires. Ça oui. Mais sorti de là, il écœurait. Il faisait trop sentir qu'il était bourré de pognon. Le Suédois n'aimait pas ce genre de mec. Et puis il préférait être seulâbre, rôder à sa guise dans le Soho. Ça lui rappellerait sa jeunesse.

Il sauta dans un bahut, se fit conduire chez Berlemont. Ça sentait bon le Pernod, la taule! Réservées à cet usage, des tablettes cavalaient le long des murs, portant des alignées de glass poisseux. Devant, un tas de malfrats et de putes jaspinaient de leurs affaires. Au-dessus du rade étaient accrochées, collées, glissées les unes sous les autres, une tinée de photos : vedettes et boxeurs français.

Le Suédois s'accouda au bar et commanda un Pernod. Quelqu'un lui frappa sur l'épaule. Il gaffa dans la glace, retapissa la personne et se retourna sur Yvette la Bretonne.

« Eh ben! s'exclama-t-il. Comment vas-tu, mon p'tit? Toujours londonienne? »

Elle lui serra les griffes avec affectation :

« Pas mal, Jo! Te v'là parmi nous? Pour longtemps? »

Il haussa les épaules :

« Sais pas encore. J'suis venu faire une virée dans c'vieux Soho. Et toi, Yvette, fidèle au poste?

– Comme tu vois, Jo », dit-elle, esquissant un sourire mince.

Il bigla les fringues de la sœur, le cabas miteux

suspendu à son bras. Son index pointé sur le filet à provisions, il s'étonna, inquiet :

« Qu'est-ce que ça veut dire, Yvette? »

Elle le fixa de ses yeux noyés d'alcool.

« C'est ce que tu penses, Jo, répondit-elle. Oui, j' suis boniche maintenant. J'ai pu le courage de me défendre... D'ailleurs, pour qui? »

Le Suédois hocha la tête. Il entravait.

Son pote Louis le Pâle, l'homme à Yvette, avait été repassé deux piges auparavant à Marseille. Le pire de l'histoire, c'est qu'il y avait eu maldonne. La giclée de bastos partie d'une bagnole n'était pas pour lui. Les tueurs s'étaient gourés. Louis le Pâle n'en avait pas moins dégusté la porcif de plombs. Et il en était calanché. Ça faisait plus de vingt piges qu'Yvette et lui étaient maqués. Alors, depuis le jour où la fille avait appris la mort de son homme...

Lorsque, à six plombes du mat, le Suédois regagna le flat à Fifi, il avait mal au trognon. Yvette et lui s'étaient poivrés, en copains. Le truand ne possédait plus un radis dans ses fouilles. Tout ce que la fiesta avait épargné des cent livres, il l'avait laissé choir en hypocrite dans le cabas d'Yvette.

*

Le Suédois fut exact au rencard du Levantin. Après s'être fait raser chez le figaro de l'hôtel Piccadilly, il pénétra dans le dancing.

Le fourgue l'y attendait, assis à une carante au

bord de la piste. Près de sa tasse de thé, traînait encore un journal de Paris. Le trêpe ne manquait pas dans le bal. Cérémonieux, les Rosbifs guinchaient sans trop se frotter. Le sourcil du Suédois se releva en reconnaissant l'un des Maltais. Il ne frottait pas non plus, le barbeau. Il restait dans la ligne. Quoique ce fût l'un des plus vioques de la famille et que ses tifs se soient fait la valise, il jetait encore son jus. Fringué comme un mylord, il était. La mousmé qu'il enlaçait souriait à son baratin. P't'être qu'il cherchait à remonter son cheptel ?

Lui aussi retapissa le Suédois. Un semblant de sourire erra sur ses lèvres charnues. Le Suédois lui rendit la grimace. Ils n'avaient rien à se dire. Pas d'intérêts communs. Ils n'étaient pas de la même race ; l'un était maq, l'autre casseur. Cependant, si leurs châsses avaient été des flingues, ils seraient morts tous les deux. Depuis combien d'années pourtant ne s'étaient-ils pas vus, pas battus ?

« Alors, fit le Suédois, s'installant à côté du Levantin. Quoi de neuf ? Ton taulier ?

— Ça ira ; il voulait être sûr que c'est ton équipe qu'à réussi l'affaire. En ce moment, il s'occupe à réunir du fric pour le transférer à Paris.

— Quand part-on ?

— Demain, sauf contrordre. »

L'intermédiaire du caïd des fourgues, un caïd que personne ne connaissait et ne connaîtrait jamais, vida sa tasse de thé, la reposa :

« Bien entendu, nous débattrons le blot quand j'aurai vu la camelote. »

Le Suédois soupira. Il pressentait la discussion à venir. Les marchandages des receleurs écœurent les voyous qui se mouillent. Rien qu'à gaffer l'air madré, les yeux rusés du Levantin, la discussion serait âpre. Une vraie frime de marchand de bestiaux qu'il avait, le gniard!

Le Suédois alluma une pipe à son tour, trempa les lèvres dans sa piquette où nageait une tranche de citron et, au flan, son regard accrocha une photo du journal. Il tressaillit; il venait de redresser Ida. Ses cils battirent deux, trois coups.

« Tu permets? dit-il en s'emparant du canard. Qu'est-ce qu'on raconte à Paname? »

Il déplia la feuille. Sous la photo d'Ida, il y en avait une autre : celle du doublard à Mario. Sans y attacher apparemment d'importance, il ligota l'article. Le zèbre qui l'avait rédigé n'avait pas mégoté. Il poussait le bouchon loin. Parole! il avait dû tremper son stylo dans le raisiné des deux filles. Ça pissait le sang, son papelard. Les pipelettes et les dactylos avaient dû en avoir pour leur pognon en lisant ce truc-là. Au passage, le journaleux égratignait le mitan. Il chablait un peu dans Mario. Pas trop. D'après lui, le Rital était toujours à l'interrogatoire.

Le Suédois fit la moue : il les connaissait, les interrogatoires... Mais dans l'article, pas un mot sur les diams. Preuve que les perdreaux n'étaient toujours pas au parfum.

Sans broncher, le Suédois replia le canard. Il gambergeait dur. Qui avait repassé les deux frangines? Il pigeait pas. Lui se doutait bien que c'était pas Mario. Pour quoi foutre? Comme si le Rital était assez jobard pour risquer la bascule à Charlot? Non, y avait autre chose là-dessous. Fallait savoir. Vite. Le mieux était de rebarrer à Paris. Pas question de tuber là-bas, ni d'écrire. Pour que la table d'écoute soit branchée, que la bafouille s'égare. Plus souvent. Marles, ces poulets. D'une communication téléphonique, d'un bout de papelard oublié, ils avaient vite fait de vous redresser une équipe et de l'alpaguer.

D'un œil songeur, il mata les couples de guincheurs.

« J'ai réfléchi, dit-il. J'vais me tailler c'soir. Faut que je voie mes associés. Rejoins-moi demain. En arrivant, passe-moi un coup de fil chez Fredo.

– Comme tu voudras. »

Le Levantin, en jouant de son énorme cabochon, essayait de lever une gonzesse assise non loin d'eux.

Il ne s'étonnait pas de la subite décision prise par le truand. Il en avait vu d'autres...

Le frottement des panards sur le parquet ciré accompagna le Suédois jusqu'à la lourde...

CHAPITRE XII

Des dizaines de bagnoles s'alignaient près de la morgue. Sur les trottoirs une chiée de malfrats et de putes attendaient la levée des corps. Le Rital était bien estimé dans le mitan. Les couronnes s'entassaient comme pour l'enterrement d'un gros ponte. Un paumé aurait pu s'attriquer une cabane à la cambrousse avec ce qu'elles représentaient comme oseille.

L'espèce de planche à pain envoyée par Borniol était saboulée avec un costar de première bourre. Ses pompes fatiguaient la vue tellement elles étaient briquées. Y devait être en cheville avec un représentant de chez « Lion noir » le mironton, pas possible. De son cou dégringolait une chaîne maous en argent. Preuve que le convoi appartenait à la catégorie des rupins!

Il avait dû cigler chéro le Mario!

De temps en temps, une radeuse s'entiflait dans la cahute plantée à deux pas de la Seine. Quand elle en redécarrait, elle chialait.

Parfois, cinq, six Julots, à la queue leu leu, le

bada à la pogne, allaient jeter un dernier coup de saveur sur les gonzesses au Rital. Celui-ci était là, également; près du cercueil de sa Ida. Les condés l'avaient relargué. Deux jours, deux nuits, ils l'avaient un brin bousculé. Ça n'avait rien donné. Que pouvait-on lui reprocher? Pendant que son cheptel se faisait décimer, il flambait au poker! Les témoins avaient tenu bon. Alors...

Les poulets n'étaient pas des truffes. Ils savaient bien que le Rital n'avait rien à voir dans ce bain-là. Seulement, il y avait une raison à ce massacre. Laquelle? C'est ce qu'ils cherchaient à entraver.

Eux aussi étaient présents. Oh! discrets. Ils frimaient les truands de loin, comme ça, sans en avoir l'air.

A vrai dire, leur présence ne dérangeait pas les voyous. Ceux-ci en avaient l'habitude. A chaque fois que l'un des leurs se faisait buter, ils étaient certains de voir radiner la maison Poulardin. Ça rate jamais. C'est le coup sûr. Ils sont toujours au parfum de tous ces prastignis. Pas pour leur envoyer des fleurs, mais quand on songe que des connards se plaignent de leur police...

Combien de voyous en cavale n'avaient pu assister à l'enterrement de leurs darons, de leurs vieilles, de leurs mômes, parce qu'ils savaient qu'en venant ils se feraient emballer? Où est-ce qu'ils allaient dégoter leurs rencards, les draupers?

Le grand Félix, recherché pour meurtre, venait de se faire épingler de cette façon. Cependant, il était planqué depuis six piges. Qui savait que sa dabe venait de l'avaler? Personne. Les poulets, eux, si. Ils l'avaient cravaté en douceur, alors qu'il décambutait du cimetière.

La face rougeaude, leur gapette à la main, les croque-morts chargés de leurs boîtes à macchabs, apparurent sur le seuil de la morgue. A petits pas, ils se dirigèrent vers les fourgons. Les tapineuses prirent leur tire-jus, prêtes à essuyer leur rimmel. Les arcans se découvrirent. Les condés également.

Mario suivait le train. Harnaché de noir. Et les châsses striées de fibrilles rouges. Il encaissait le choc, le Rital, les dents serrées. Il avait pas dû roupiller lerchem depuis le drame. A coups de gniolle, qu'il s'était maintenu! Ça se devinait à son teint d'un gris plombé, à ses paupières qui, par instants, retombaient, trop lourdes. Il les relevait d'un mouvement sec, nerveux. S'agissait pas de canner devant les potes, ni surtout devant les autres, là-bas, plus loin... près d'une traction à antenne.

« Est-ce qu'on va à l'église? s'informa un marchand de came, tourné vers le Stéphanois.

– Oui, c'est les idées de Mario...

– Tu montes dans ma tire, Tony? » invita le trafiquant.

Il était mieux fringué que le duc de Windsor et engageant avec ça, mais le Stéphanois refusa :

« Non, merci. J'vois Jo qui rapplique. J'ai à jacter. »

Les deux fourgons prirent le large, les autos des

truands collées derrière. Quand la distance fut suffisante, la bagnole à antenne démarra lentement.

« On les rattrapera à la cangli, fit Tony en s'asseyant près du Suédois. Et le fourgue?

— J'viens de le quitter. Depuis hier qu'il me casse les couilles, j'en avais marre. Il propose cent vingt briques. Qu'est-ce que t'en dis?

— D'accord! dit Tony. Lâchons tout pour c' blot-là. Plus vite il embarquera les cailloux, plus vite on sera peinards. Assez d'emmerdements comme ça, non?

— Et les Sora? »

Tony enfila ses gants, le regard fixé devant lui.

« Pas de nouvelles. C'est comme je t'ai expliqué à ton retour de Londres. Personne ne sait où ils sont planqués. Note qu'ils ont pas les flubes, question flics. Ils savent bien qu' Mario les a pas balancés. Seulement ils se la donnent de nous. Fatal, non? Y se doutent qu'on va pas leur faire de cadeau.

— T'es retourné à leur villa de Champigny? »

Le Stéphanois alluma une cigarette :

« Oui. Hier soir. Y sont pas revenus.

— Le p'tit César?

— Toujours là-bas.

— C'est con pour ce p'tit mec. Y me bottait, ce gniard-là. »

Tony soupira :

« T'aurais agi autrement?

— Non... évidemment. Tu sais bien que j'te

donne pas tort... Tout d'même, il s'était mouillé avec nous... C'est toc d'en arriver là; sans compter que...

— On touchera pas à son fade, le rassura Tony de sa voix morne. Il a des vieux là-bas, au pays et... »

Le Suédois vivement releva la tête, gaffa son pote.

« Et...? demanda-t-il, les yeux luisants.

— Et Mario les connaît, poursuivit le Stéphanois. Il leur remettra le panard de César par petites sommes, pour pas les étonner. Plus tard, quand l'pet se sera tassé, il pourra leur allonger tout le packson. Il se débarbotera, quoi. Il leur placera un baratin quelconque. »

Une quinte de toux le cassa en deux. Il abaissa la vitre, jeta son clope, reprit d'une voix plus dure :

« Allez, barrons, Jo. Rejoignons les autres. »

Le Suédois embraya en douceur.

« Tu crois qu'les Sora vont laisser tomber? » demanda-t-il.

Tony lui lança un coup de châsses ironique :

« Tu laisserais tomber une histoire de deux cent cinquante unités, toi? Non? Alors? J'crois qu'on a intérêt à leur mettre la patte dessus, et vite. D'abord, pour c'qu'ils ont fait aux Lloumis à Mario. Ensuite, pour notre sécurité. N'oublie pas : il n'y a qu'eux qui sont au courant. Faut pas leur laisser une chance de pouvoir jacter, pas une, t'entends? »

*

A l'église, ils furent accueillis par les grandes orgues. Tapis, encens, suisse... tout le bordel. Mario avait vu grand! A l'encontre des bourgeois et bouzeux qui, pour jouer aux marioles, n'entrent pas dans une église, les truands, eux, sagement, avaient pris place dans les rangées de chaises. Puisqu'ils accompagnaient quelqu'un qu'avait ces idées-là! Autant agir comme tout le monde, non? Qu'est-ce que ça pouvait leur foutre? Ils étaient là pour épauler Mario! Puisque ça lui plaisait... de la religion.

A droite, les voyous. A gauche, les nanas. Au centre, entourés de cierges aussi mastars que de jeunes arbres, les deux cercueils drapés de noir.

En doublant un pilier, le Stéphanois repéra la Criminelle. Les bédis n'avaient pas été jusqu'à se mélanger aux arcans. Mais quand même, eux aussi participaient gentiment au service funèbre.

Jo et Tony se coulèrent en direction de chaises vides. Devant l'autel, le cureton manœuvrait. Tantôt les bras écartés, tantôt les pognes jointes, il jaspinait en latin. A chaque fois qu'il fallait se foutre debout, le suisse envoyait le serbillon aux mecs de la première rangée. Les autres suivaient le mouvement. Quand il fallait se rasseoir, c'était du quès. Le suisse se penchait sur Mario. Y devait se marrer, le mec à la hallebarde!

Les putains, elles, n'avaient pas besoin d'être

drivées. On sentait qu'elles avaient dû faire leur première communion.

« Y font la quête après? » demanda un jeune arsouille à l'oreille du Stéphanois.

Tony haussa les épaules. Pour les enterrements, y se rappelait pas. Mario avait dû casquer tout à la fois. Pour les baptêmes, c'était pas le même tabac. Tony se souvenait de celui du moufflet à Marcel-les-Yeux-Bleus durant la guerre. A Bordeaux que c'était. Peu de temps avant qu'il se fasse cravater, lui, Tony.

Le cureton qui s'était amené avec son plateau commençait son numéro par Raymond le Basque. Ce dernier, qui ne savait pas trop ce qu'il devait donner, avat glissé un bifton de cinq sacs dans le plateau. Le mec à la droite de Raymond, croyant que c'était le tarif, y avait été de ses cinq lacsés, lui aussi. Ç'avait suivi comme ça jusqu'au bout. L'aracaïl savait plus où il en était. De sa pogne, il comprimait les talbins pour pas qu'ils se fassent la paire. C' qu'il avait dû remercier le Seigneur ce soir-là!

Tout à coup, dominant le bruit de la musique, un chœur s'éleva. Les gonzes qui goualaient possédaient du coffre. Impressionnés, les malfrats gaffèrent les chantres. Les putes, elles, mitaient tout ce qu'elles savaient. Certaines ne cherchaient même pas à essuyer leurs larmes. Cette ambiance devait leur rappeler de drôles de souvenirs à ces mômes! Sûr que le soir, elles seraient ramollies. Plus d'une qui ne voudrait pas s'farcir un micheton, peur de se souiller.

C'est tout au moins ce qu'expliquait un hareng à un autre, un voisin du Suédois.

Quand le curé, d'une pogne généreuse, eut balancé de l'encens sur les cercueils, l'un de ses sous-fifres tendit un truc en argent à Mario. A deux reprises, le Rital aspergea les cercueils avec, puis le passa au suivant de ces messieurs.

Quand vint son tour, le jeune arsouille murmura en déchargeant le Stéphanois :

« ... Sont veinards de pas s' le faire chouraver! Ça doit valoir d' l'aspine, ce machin-là! »

Sous le porche de l'église, Mario était là, seul, pour serrer toutes les griffes. Sûr que ses deux gonzesses devaient pas avoir cher de famille ou que si elles en avaient...

En lui tendant la pogne, les voyous offraient leurs condoléances, comme des gens civilisés. Il n'y eut que Jean de Belleville à dire : « A la prochaine! » Il n'y mettait pas malice, le gars. Toujours en pétard, lui, avec les usages. Une fois, à l'enterrement d'un de ses amis, il avait lâché de bon cœur, en embrassant la mère du mort : « Au plaisir! » Personne ne lui en voulait. « J' suis né dans le ruisseau, expliquait-il. On m'a jamais rien appris. Et puis quoi? qu'est-ce que ça y change? » Ça ne l'empêchait pas de posséder un courage de lion, ni d'être plus correct que certains rupins qu'avaient eu le cul talqué par leur gouvernante jusqu'à leur majorité.

« Après le cimetière, rendez-vous chez moi, murmura Tony en passant devant Mario.

— Et méfie-toi qu' les poulets te filent pas le

train », compléta le Suédois, en lui serrant la main à son tour.

*

La dernière pelletée de terre envoyée, Mario décarra en hâte de Thiais. Il n'en pouvait plus. Son regard s'attarda un instant sur les hommes qui venaient de s'entifler dans les bistrots en face du cimetière. Il connaissait le papier. Les truands, pendant des heures, allaient se remémorer des histoires du milieu tout en se soûlant la gueule. Quelques-uns, heureux de s'être retrouvés, finiraient la sorgue dans une boîte de nuit. V'là que ça raterait!

Après avoir refusé deux ou trois invitations, Mario se fit conduire par un ami à une station de taxis. Il en prit un, vite, au hasard. Durant le parcours, il se détrancha souvent. Les condés semblaient l'avoir abandonné. Quand il atterrit chez le Stéphanois, ses premiers mots furent :

« Où sont-ils?

– Ben, chez moi, fit le Suédois étonné. Le fourgue ne les embarque que demain. Pourquoi? »

Le Rital se passa la pogne sur les yeux.

« C'est pas de ça qu'je parle, dit-il. Non. Les Sora? »

Tony, qui faisait des mines à ses piafs, se retourna lentement :

« On sait pas encore. Te tracasse pas, on les trouvera. »

Il scrutait la frime de Mario :

« Prends patience. Tu sais bien qu'ils ne verront pas c'coup-là à l'œil. Si j't'ai dit de venir, c'est pour connaître ton avis sur les diams. Le Levantin en offre cent vingt briques. D'accord?

— Comme vous ferez, ça sera bien. Pour moi, j'vais aller m'pager, j'suis crevé. Au cas où vous auriez des nouvelles...

— Te casse pas l'bonnet. File au page. On t'affranchira. »

Lorsque Mario eut disparu, le Suédois remarqua, tout pensif :

« Ça l'a drôlement secoué la mort d'Ida, hein, Tony? »

Le Stéphanois ne répondit pas. Penché sur la cage, il incendiait Dorothée qui, une fois de plus, venait de coller une danse à ce gros nigaud de Charlot.

CHAPITRE XIII

Pierre Sora arpentait l'étroite carrée. De temps en temps, il soulevait un rideau crapoteux et gaffait dans la rue de la Goutte-d'Or, déserte et noire. Il marronnait, le Bic. Posséder une boîte de nuit, des putes, du pognon en banque et se trouver là coincé comme un rat! Saloperie de saloperie!

Dépoitraillé, Ahmed en écrasait sur un grabat. Dans la pièce attenante, guère plus grande, Ali, plongé dans l'obscurité, gémissait. Le manque de came le torturait, lui griffait le cerveau. Encore une journée comme celle-là et Pierre ne pourrait plus le tenir.

Qu'est-ce qu'il foutait donc le Crouille, celui qui gérait ce miteux café-hôtel en son nom? Depuis trois plombes qu'il l'avait envoyé au Cimeterre-d'Or chercher de la drogue... Cinq jours, cinq nuits qu'ils étaient terrés là. De quoi devenir marteau! C'est pas le trac des poulets qui les avait conduits dans ce bouge. Non, Pierre savait que Mario ne les balancerait pas pour l'assassinat de ses gonzesses. Seulement, y avait le Stéphanois, le Suédois... des os à avaler. Sans compter le Mario qui, lui aussi, devait s'en ressentir, durement. Evidemment, pour se débarrasser d'eux, l'aîné des Ratons pouvait affranchir la P.J. sur le casse de la bijouterie. Il pouvait encaisser dix briques pour un tel exploit. Oui! Et si les autres, sachant d'où venait le balançage, jactaient à leur tour? Que Mario rencarde les matons sur le meurtre? Ahmed et lui ne s'allongeraient peut-être pas à l'interrogatoire. Mais le cinglé d'Ali! Les perdreaux n'auraient qu'à le menacer de le priver de coco. Ils obtiendraient tous les rencards... Comme une lope, qu'il se mettrait à table le cadet! Et puis, lui, Pierre, ne perdait pas l'espoir de se sucrer avec les diams. Ah! ça non.

Les deux piaules qui leur servaient de tanière juste au-dessus de la salle du bistrot étaient le gourbi du gérant en temps ordinaire. La femme de ménage ne devait pas se fouler le poignet à les briquer. L'endroit était cradingue. Ça chlinguait drôlement : des odeurs de couscous rance, de merguez rassis, d'eau sale, de foutoir. Ça prenait à la gargane, donnait envie d'aller au renard. Le nière qui vivait là d'habitude devait avoir l'estom' bien accroché!

D'en bas, les voix des clients, tous des Crouilles, perçaient le plancher de leurs sons gutturaux. Ils flambaient aux dominos, se soûlaient la poire, se suiffaient. D'ici à ce qu'ils décarrent leurs razifs... Quoiqu'il fût plus de minuit, ils ne se tireraient pas avant des deux, trois plombes. Ceux qui grattaient s'étaient déjà trissés au boulot : chouraver un lacsé à une bourgeoise attardée, serrer un gonze dans un coinstot pour lui étouffer son aspine, ou, les plus honnêtes, fourguer des pipes ricaines à Montmartre, ou encore, emmerder les putes sur le tapin. Des p'tits marrants, quoi!

Pierre Sora en était à son quatrième paquet de cigarettes depuis le matin. Sa gorge était sèche, sa langue pâteuse. L'inaction lui tapait sur le système. Les gueulements des Troncs, en bas, le bruit des dominos, lui vrillaient les esgourdes, le rendaient dingo. Class' qu'il en avait de se trouver là!

Pour achever de lui mettre les nerfs en boule, y avait les carrées voisines dont les lourdes s'ouvraient et se rebouclaient sans ménagement. le bruit des chasses d'eau, des bidets qui gougloutaient après chaque clille épongé, le premier et le deuxième étage étant réservés aux passes. A travers la mince cloison, lui parvenait de la droite, le halètement court, sauvage, d'un cave qui s'envoyait en l'air. Encore la grosse pouffiasse à pompes rouges et tablier plissé qui turbinait le branque. Pierre la reconnaissait à sa voix grasse, éraillée. La huitième fois au moins qu'elle montait! Depuis le soir, il n'avait pas cessé de la voir arpenter son bitume. A chaque fois que, zieutant par la fenêtre, il ne la voyait plus, il attendait que le bidet d'à côté entre en action.

Un pas fit grincer l'escalier vermoulu. On

heurta à la porte. Vivement, Pierre alla délourder.

« Eh bien! ronchonna-t-il. T'y a mis le temps. Qu'est-ce que tu foutais, bon Dieu? »

Il gaffa la main de son gérant :

« La came? »

L'autre, noir de couenne, les tifs crépus, les yeux de braise, se fouilla. Sora aîné lui arracha des pognes les sachets de cocaïne. D'un bond il fut dans la seconde piaule.

« Tiens! dit-il à Ali. Bourre-toi le pif et nous emmerde plus. »

Un autre bond le ramena près du taulier de l'hôtel :

« T'as pris la dernière édition à Pigalle? Quoi de neuf au Cimeterre-d'Or? Est-ce que Mohamed a repris le boulot? »

Le Raton le tranquillisa :

« Oui. Mohamed a remis ça. Sa blessure au trognon était pas si grave. Y m'a dit de t'affranchir : tout va bien. Les flics sont pas venus aux rencards. Pas de deuil de ce côté-là. »

Le gérant grimaça un sourire à l'adresse du caïd.

« Y renaude juste après les mecs qui l'ont laissé sur le carreau à Champigny... dit qu'il voudrait bien les retrouver. »

Pierre Sora épongea son front luisant, éclusa d'un trait une canette de bibine et grommela :

« Qu'il se fasse pas de mouron. On les vengera, lui et le chauffeur. Toi, j' voudrais qu' tu trouves une coupure pour foutre les clients dehors. J'en ai marre de les entendre. Dis-leur qu'on t'a averti d'une rafle... Démerde-toi. »

Un sommier grinça dans la carrée voisine. Ali, le froc sur ses chaussettes, la limace ouverte sur sa peau recuite, apparut dans l'encadrement. Ses quinquets avaient retrouvé de l'éclat. Sous son tarin, brillait une traînée de poudre blanche. D'un rictus, il salua le gérant de son frangin. Pierre lui lança un regard écœuré, prit le journal que lui tendait son homme de paille et ordonna à ce dernier :

« Fais comme j'te dis. Ensuite, remonte-moi d'la bière, un bout d'bricheton et du sifflard.

– Du raki pour ma poire », coupa Ali.

L'aîné lui décocha un coup de châsse maussade :

« Du raki pour lui, grinça-t-il. Puis t'iras m'chercher la bagnole. On va décarrer... On va prendre l'air. »

Il reboucla derrière son gérant, l'écouta descendre les marches et déplia le canard. Le casse de la bijouterie n'occupait plus la vedette. La grève des transports l'avait supplanté. Néanmoins, il y avait un article, en bas à droite. De dix briques, la compagnie d'assurances venait de porter la prime à quinze. Pas bonnards, les Lloyds pour casquer les deux cent cinquante unités! Ils espéraient en récupérer un bout! Ça prouvait une chose en tout cas : l'équipe au Stéphanois se trouvait toujours en possession du ganot. Oui. Mais ce ganot, qui le planquait? Le Tony? Le Jo? Ou le Mario? Fallait les prendre un par un pour savoir. Fallait d'abord s'attaquer au plus désemparé, au moins coriace, au Rital.

Le barouf qui régnait en bas s'atténua. Le paveton de la rue résonna sous un roulement précipité de croquenots. La devanture en tôle geignit, puis claqua brusquement.

De la turne voisine, la voix de la pouffiasse troua le mur :

« Encore cent balles, chéri! Cent balles! J'ai pas été chouette? Fais un effort, mon gros loup... »

Le miché devait être duraille à la détente. On l'entendait renauder :

« Comment, cent balles? Tu rigoles! J' t'ai déjà refilé vingt-cinq cigues... »

Il venait de prendre son pied, le p'tit tringleur! Il s'en ressentait plus pour les largesses. Ida avait raison. Les mâles, avant l'opération, la lune, qu'ils vous donneraient. Mais après...

L'escalier grinça de nouveau : le gérant, un plateau sur le bras, entra dans la pièce.

Ali empoigna la boutanche de raki. A même le goulot il s'en appuya une lampée. Sans un rien de flotte.

« J' vais vous chercher la tire », lança le gérant en se rebarrant.

L'aîné des Crouilles mordait dans un casse-graine. De la pointe de sa godasse, il réveilla Ahmed.

« Décanille du page, dit-il. Fissa. On mastègue un morceau, puis on va se tracer. Y a du tapin en vue. D'abord, alpaguer Mario pour le faire accoucher... Faut qu'on en finisse de cette salade. »

La belle frime de voyou d'Ahmed s'éclaira. Du grabuge? Ça lui bottait. Toutefois...

« Tu crois que c'est marle de retourner chez lui? dit-il en frictionnant ses crins d'un noir de jais. P't' être que les Prastignis sont en gaffe sur sa taule!

— Tu m'prends pour une truffe! marmonna l'aîné, la bouche pleine. Tu vas lui passer un coup d'fil de la part du Stéphanois. Lui faire croire que t'as besoin d'son aide et lui fixer rencart.

— Y va s' la donner! fit Ahmed. Non? Y va pas reconnaître la voix de son pote! »

Pierre Sora cracha une peau de saucisson :

« Qu'est-ce ça peut foutre? Tu t' feras passer pour un loufiat. Tu diras qu'c'est le Stéphanois qui t'a chargé de la comm'. Que lui, il peut pas se déranger... Qu'il me surveille d'un bistrot par exemple! »

Pierre s'enfila une gorgée de bibine et conclut avec un ricanement :

« Quand il va croire qu' le Stéphanois est sur mes endosses, il va rappliquer à fond. Y aura qu'à l'cravater. »

Un coup de frein raya le silence de la rue de la Goutte-d'Or. Pierre Sora vint soulever doucement le rideau de la fenêtre. Sa bagnole luisait sous la bruine :

« Sapez-vous! On va se tailler. »

Ils entendirent dans le troquet sous leurs pieds le déplacement du gérant qui se démenait. Il devait faire un peu de rangement. Un bruit de verres entrechoqués monta jusqu'à eux. Soudain, un téléphone grelotta. Ils perçurent un murmure de voix, puis le pas rapide du gérant dans l'escalier.

Pierre impatient, attendait dans l'encadrement de la lourde :

« Qu'est-ce que c'est? Pour moi?

– Oui, fit l'autre. Mohamed vient de m'appeler du Cimeterre-d'Or. Y t' fait dire qu'un nommé Mario est là-bas. Paraît qu'il en tient une sévère. Soûl perdu qu'il est. »

Le jonc, dans la gueule de Pierre, étincela.

« T'as raccroché?

– Non.

– Bon. J' descends. »

Sa grosse masse se pauma dans la demi-obscurité de l'escalier.

Peu après, sa voix hargneuse, brutale, grimpa jusqu'à ses frangins. Il hurlait :

« Non! Non! N'y touche pas! Il est seul? Oui? Alors, mets-la en veilleuse. Lui cherche pas d' rififi. Laisse tomber. On radine... Quoi? Y va nous tirer dessus? S'pèce de con, on va pas s' montrer. On le braque à la sortie... Jacte à personne... T'occupe de rien. Planque-toi, qu'il te fasse pas de gouale. C'est tout. »

Pierre Sora raccrochait quand un bruit le fit se retourner en vitesse :

Ahmed, puis Ali, parurent au bas des marches. Le bruit? Métal contre métal. Ahmed, de sa pogne gauche, venait de loger une bastos dans le canon de son calibre.

*

Poivre défoncé, Mario venait de pénétrer au Cimeterre-d'Or. Les épaules voussées, la cravate de traviole, son bada rejeté en arrière sur la nuque. Une mèche noire lui dégringolait sur l'œil gauche. Des striures de sang voilaient son regard. Il titubait. Une môme, lingée de soie sombre, le débarrassa de ses harnais. Incapable de parler, il se laissa faire, empocha le tickson qu'elle lui tendait. Deux, trois putes, attachées à la boîte, se retournèrent, prêtes à sauter sur le clille. En reconnaissant le Rital, elles haussèrent leurs épaules nues et reprirent leur partie de 421.

« Hé, Mario! cria un gonze assis à une carante. Tu bois une tasse avec nous? »

L'Italien gaffa la tablée. En redressant deux voyous qu'étaient à l'enterrement l'après-midi, il esquissa une vague grimace. Il se laissa étreindre la cuiller, s'abattit lourdement sur un siège vide; l'objet dur qui déformait la poche droite de son veston, rabota le bord de la table. D'un seul jet, il s'envoya la coupe pleine d'un des mecs, un nervi marseillais. Celui-ci, sans se formaliser, emplit le gobelet de nouveau. Le Rital le revida aussi sec.

« T'avais la pépie, gars! Belle descente!... » constata le sauré.

D'un doigt tremblant, Mario, qui avait repris son souffle, appela un loufiat.

« Colle deux rouilles dans la marmite. Deux... et magne-toi l'cul. »

Son œil vasouillard zieuta la mousmé qui, en tutu, se trémoussait sur le plateau. Elle les agitait, ses gambettes, la sœur! Ses nichons sautaient dans leur corbeille de dentelle. A croire qu'ils allaient mettre le nez à la fenêtre. C'est ce qu'il devait espérer, ce lavedu à la face congestionnée qui ne cessait de les gaffer. D'ici à ce que, pour les voir à son aise, il propose à la cocotte de lui attriquer une quatre-chevaux...

Le Rital s'appuya un autre godet de champ', reporta son regard vers l'entrée. Ils ne rappliqueraient donc pas, ces Sora? Fallait qu'il en repasse un ce soir. Y pouvait pu attendre. Dingue qu'il était! Après avoir quitté Jo et Tony, il était renquillé chez lui. Il s'était bien foutu dans les toiles, mais pour en écraser, ça, zéro! Les meubles, les moindres trucs lui rappelaient trop Ida. Il s'était relevé, avait décarré une boutanche de fine et seulâbre avec ses pensées, l'avait nettoyée. Assommé d'un coup, il s'était enroupillé dans ses bras, à même la table. Au réveil, la gueule pâteuse, il n'avait eu qu'une idée en tronche : venger sa nana. Il s'était reloqué. Le rouge dans Montmartre qu'il allait mettre, oui! Et pas plus tard que cette nuit. Il se doutait que quelqu'un allait les affranchir de sa présence. Et ça, il l'espérait, il le souhaitait. Le sachant seul, il se doutait que ça les ferait décambuter de leur planque. Les fumiers!

« Qu'est-ce tu penses de ça, toi, Mario? le

troubla le hareng marseillais. Lucien dit que l'Corse qu'y a fauché sa gonzesse, il veut pas cigler l'amende. »

L'Italien mata le Lucien, un maq de Saint-Ouen, et feignit de s'intéresser :

« Combien que t'y demandes?

— Cinq cents sacs, répondit l'autre en écartant le bras. Des clous, non? Avec tous les frais que j'ai eus pour elle, je rentre pas même dans mes boules. Sans compter, dis donc, que c'est moi qui l'ai mise sur le turf. Neuve qu'elle était quand je l'ai levée. Un jeune tapin comme elle, ça vaut plus que ça. J'suis pas exigeant. Et l'autre qui veut pas raquer. Qu'est-ce tu ferais toi?

— Rechope-la, conseilla Mario. C'est le mieux... Ou alors... »

La mâchoire du voyou de Saint-Ouen saillit. Sa pogne, brutalement, balaya la carante.

« C'est bien ce que j'vais maquiller, dit-il. J'attends qu'il remonte de Corse... »

Les heures s'écoulaient ainsi, chaudes, énervantes. La fatigue du borgnio plombait les frimes des clilles. Les poches s'accusaient sous les châsses des entraîneuses. Des plaques de champ' tachaient les nappes. Des clopes mal écrasées fumaient dans les cendriers. Au pied de la carante des truands, les bouteilles vides s'entassaient.

Il était culbuté, le Rital. Il restait néanmoins d'une lucidité inquiétante. Ses nerfs vibraient. Un goût de meurtre lui affadissait la bouche.

« J'vais m'zoner », dit le voyou de Saint-Ouen.

Il venait de repérer une gosse esseulée qui se dirigeait vers la sortie. « Vous venez? »

Mario secoua le trognon.

« Non. J'reste là.

— J'me trace aussi, déclara le barbeau marseillais. J'prends le dur tout à l'heure pour Marseille. Excuse-moi, Mario. Business! Une gonzesse de vingt piges à descendre. Tchao!

— Tchao! » renvoya machinalement le Rital.

Il était déjà rebarré dans son attente et son cauchemar.

La turne se vidait petit à petit. Les caves, les uns après les autres, mettaient des adjas. Plus d'un entraînait, suspendue à son bradillon, une nana qu'avait besoin d'affurer son bœuf gros sel. Les souffleurs de piston en avaient class' idem. Impatients, ils gaffaient une table où se défiaient à coups de picton, cinq, six gniards qui braillaient des chansons de corps de garde.

Juchées sur les tabourets du rade, deux hotus, laissées pour compte, se consolaient en se gargarisant avec des fonds de gobelet.

A présent, les tables autour de Mario étaient désertes. Lui, il n'y prenait pas garde. Son œil ne cessait d'aller de sa tasse qu'il vidait et emplissait sans arrêt à la porte barrée du mot *Interdit*. Ça l'étonnait que les Sora ne rappliquent pas. Il était prêt à parier mille contre un qu'on les avait mis au parfum de sa présence. Le gérant de la taule que Tony avait endormi d'un coup de crosse à Champigny, n'était pas là non plus. Pourtant,

Mario croyait bien l'avoir aperçu quand il était entré! Il aboya tout à coup :

« Une autre bouteille! »

Le larbin qui se massait hypocritement les mollets, se rebiffa, la queue-de-pie tout agitée :

« Voyons, monsieur! On va boucler!

— M'en fous! Une autre rouille, j'ai dit! Y a donc personne de responsable dans cette putain d' baraque? Va m' chercher le gérant.

— Il est absent, monsieur », déclara le gonze en noir, incliné dans une courbette qui le faisait grimacer.

Mal aux reins qu'il avait le loufiat!

D'un torchon expert, il tapota la nappe où s'était répandu du Piper 52, et chanstiqua le cendrier plein.

« Une seule bouteille, alors, monsieur, dit-il conciliant. Voyez, les musiciens rangent leurs instruments. »

C'était pas du charre. Les charmeurs de serpents renquillaient les outils.

« Bon, grommela Mario. La der. Après, tu m'apportes l'addition. »

Le larbin se débina vers le comptoir. Discrètement, il fit le serre au barman :

« Henri! Une autre rouille. »

Et, entre ses dents :

« Affranchis Mohamed que l' mec va se tailler. Y boit la der. Après, il met les voiles. »

D'un pas nonchalant, le barman se dirigea vers la lourde réservée. La « queue-de-pie » retraversa la salle portant comme un nouveau-né le seau à glace où pionçait une roteuse.

« Voilà, monsieur, dit-il en déposant le champ' devant Mario. (Il fit sauter le bouchon.) J'espère que monsieur sera satisfait. Elle est à point. »

Il versa, s'inclina, se tailla. Peu après, il revint, se réinclina, reversa, tendit une feuille de papelard au Rital et attendit, les mains sur la couture du grimpant.

« Quarante-deux sacs avec le pourboire, c'est bien ça, hein? demanda Mario en plaçant la feuille devant lui.

– Oui, monsieur. Vous avez...

– J'sais ce que j'ai, suffit! »

Mario glissa la pogne dans la fouille intérieure de son rider.

La « queue-de-pie », les châsses allumées, suivait le mouvement, un sourire bienveillant sur la tronche. Son sourire se figea. A la place du morlingue qu'il s'attendait à frimer, apparut un stylo.

Mario se pencha sur la feuille, la signa :

« Porte ça à ton taulier, dit-il. Dis-lui que c'est d' la part de Mario. Il pigera.

– Mais, monsieur!... »

Devant le regard hargneux qui le défiait, le loufiat haussa les épaules, s'empara du papelard et s'éloigna... sans courbettes.

« Y veut pas me régler, dit-il au barman devant le rade... Y m'a refilé ce truc-là. Y m'a dit que... »

Le barman glissant l'addition dans sa profonde, le coupa :

« Ça va. Mohamed s'en gourait. Il a dit de laisser courir. Aussitôt qu' le mec fait mine de se tailler, j'dois l'sonner là-haut. Il attend dans l' burelingue. »

La queue-de-pie s'inquiéta :

« Qu'est-ce que tu crois qu'il manigance encore, le Mohamed ? »

L'autre glaviota dans un seau à glace.

« Pose pas de questions. Fais comme moi. On est pas casqués pour se mêler de leurs histoires, non ? Alors qu'est-ce ça peut nous foutre ! »

A leur tablée, les gais lurons, voyant qu'il n'y avait plus d'auditoire pour les écouter, se levèrent en se cramponnant les uns aux autres.

Les deux hotus, fissa, quittèrent leurs tabourets.

« Eh bien, les enfants, minauda l'une d'elles. On s'en va ? On veut pas faire un p'tit joujou avec nous ?

— Toi, fiche-moi le camp, hé, cloche ! rota l'un des joyeux compères. Je t'ai déjà dit d' nous laisser tranquilles.

— Ça va, ça va, grasseya la fille. Va te faire baiser, hé, connard ! »

Le cave qui paraissait un gonze bien si l'on s'arrêtait au ruban rouge à la boutonnière du costar, détendit sa paluche. La gifle, qui claqua dur, fit tressaillir Mario.

« S'pèce d'empafé ! » brailla la frangine.

Elle bigla autour d'elle et, vivement, plongea

sur une bouteille oubliée sur une carante. La « queue-de-pie » n'eut que le temps de lui happer les poignets.

« Du calme, Lola! T'es pas bien, non? »

La sœur, elle trépignait, aux dépens d'une maille qui venait de filer à son bas.

« Lâche-moi! Lâche-moi, j'te dis! Que j'l'assomme ce gros lard. »

Le « gros lard », en dépit de sa muflée, se redressa majestueusement. D'un doigt épais comme une saucisse de Francfort, il lissa ses charmeuses. Il roulait des carreaux d'un air impressionnant.

« Je réclame des excuses! Et tout de suite! dit-il, foudroyant la « queue-de-pie », de ses yeux globuleux. Tout de suite. »

Le larbin tenta une conciliation :

« Voyons, monsieur!...

– J'exige! » tonitrua le baril de graisse.

Il ne voulait pas passer les dés, surtout devant ses potes de bureau.

« Fous le camp, hé, truffe! lança une voix morne dans la salle. Laisse cette gonzesse tranquille. »

Le sang afflua sur la poire du gros ponte. Il se tourna sur Mario, bafouillant de fureur.

« C'est à moi... C'est à moi... C'est à moi que vous osez parler de la sorte?

– A qui qu'tu crois qu'c'est, grosse couenne? » répliqua le Rital sans bouger de son siège.

Il sentait monter en lui et brûler sa rage meurtrière. A défaut des Sora, il lui fallait du suif. Ça soulagerait ses nerfs.

Le gravosse respira bruyamment. Il s'assura du regard de la présence de ses potes. Ça le gonfla. La pogne levée, il éructa vers le Rital :

« J' vais vous allonger les oreilles, jeune voyou! Vous croyez qu'on peut me traiter impunément de la sorte... »

L'Italien stoppa l'avalanche :

« Te fatigue pas, gros con! Reste où tu es. »

Posée sur la nappe, sa paluche droite étreignait un Colt à barillet.

Comme s'il avait foutu les pinceaux sur un nid de vipères, le mironton sauta en arrière.

« Quoi... quoi... quoi... bégaya-t-il. Quoi... quoi... quoi... »

Mario haussa les épaules, se dressa son flingue à la main. Les amis du gros cave qui s'étaient avancés, reculèrent en bloc. Ils n'avaient plus envie d'en pousser une, les joyeux drilles!

Lola se détrancha sur le Rital.

« Passe la main, gars, dit-elle. Ça vaut pas la peine. Laisse-les s' tracer, ces poires blettes. »

Et à la « queue-de-pie », d'un ton violent :

« Allez, embarque-les! Qu'est-ce que t'attends? Qu'ils soient transformés en passoire? »

Ils ne se firent pas prier les lascars pour cavaler vers le vestiaire!

« Merci, dit la sœur, tournée vers l'Italien.

— Pas de quoi », grommela Mario.

Il la gaffa une seconde :

« T'es maquée avec un des Sora?

– J'm'en voudrais! » gronda la nana, spontanément.

L'Italien grimaça un pâle sourire.

« Et ta pote? » demanda-t-il.

La pute écarquilla les châsses :

« Non plus. Pourquoi?

– Pour rien, dit Mario en se vaguant. Tiens, ajouta-t-il, lui tendant deux biftons de dix sacs. Fadez-vous ça. Bonne noïe!

– Ben merde! » s'exclama la radeuse en le voyant disparaître vers le vestiaire.

*

L'air de la sorgue frappa Mario en pleine poire. Il se sentit pris de l'envie de vomir. Il avait trop éclusé. Pourtant, il n'était pas poivre à rouler. Non. Il savait ce qu'il faisait. L'alcool et le champ' avaient excité ses facultés au lieu de les émousser. Tous ses muscles étaient tendus à lui en faire mal. La main dans la ballade de son pardessus, crispée sur son calibre, il s'assura, en un clin d'œil, de la tranquillité de la rue. Quelques bagnoles et des bahuts, comme d'habitude... Sous l'auvent d'un hôtel, des tapineuses espéraient le micheton... Dans un petit bistrot éclairé au néon, d'autres sœurs tafiataient avec des chauffeurs... Deux perdreaux cyclistes, la pèlerine boutonnée pour se parer de la bruine, descendaient la rue à pinces, leur zinc à la main.

Mario profita de leur passage, ouvrit la portière de sa Salmson et grimpa.

Au premier étage du Cimeterre-d'Or, l'épais rideau qui voilait la fenêtre du burelingue de Pierre Sora retomba.

L'Italien fit chauffer son moulin, alluma une pipe et démarra. Une quinze chevaux noire décarra d'une rue adjacente et prit la Salmson en point de mire.

« On l'tient, cette fois », gronda Pierre, crispé à son volant.

A ses côtés, Ali, le pif bourré de neige, ricana :

« Comme tu dis! Va bien falloir qu'y s'mette à table! »

Mario contourna la place Clichy, puis s'engagea dans le boulevard des Batignolles. Quelques boulots se magnaient vers le premier métro. Dans le rétro, il s'étonna de voir qu'une traction lui filait le train. Il décambuta le calibre de sa fouille, le plaça à côté de lui et s'interrogea tout haut :

« Qu'est-ce que ça veut dire? Est-ce que par hasard...

— Tout juste! C'est c'que tu crois, mon pote », gronda une voix derrière lui.

Mario faillit lâcher le volant. Le mégot qu'il suçait tomba de ses lèvres. Un objet dur vint se plaquer sur sa nuque. Le froid de l'acier lui glaça la peau.

« Te détranche pas, ordonna la voix. Continue à conduire. J'te dirai où il faut tourner. »

Une main frôla le lardeuss de Mario, tâtonna sur la banquette et se referma sur le Colt à barillet.

Dans le rétro, l'Italien vit la gueule grimaçante d'Ahmed. Les châsses, les dents du Crouille luisaient dans l'obscurité :

« A Rome, tu vireras à gauche et tu remonteras le boulevard. T'as pigé?

— Bon Dieu! si tu crois que... »

Le Rital se rebiffait mais le canon du calibre s'enfonça un peu plus dans sa nuque. Le froid de l'acier courut tout le long de sa colonne vertébrale. Il serra les crocs : « Bon Dieu! J'me suis laissé avoir. Comme un corniaud. J'me la suis pas donnée. Le Tronc était planqué dans le fond d'la tire, sur le plancher. »

L'image de César torturé passa sur sa rétine... « V'là ce qu'ils vont m'maquiller, se dit-il. V'là ce qu'ils vont m'maquiller si j'leur dis pas où sont les diams. » Il se mordit les lèvres jusqu'au sang.

Par bouffées furieuses, tout le gorgeon éclusé depuis la mort de sa lamfé lui monta au cigare. « Faut pas que tu jactes, Mario. Si tu t'affales, y sont capables de sauter chez le Suédois et de le flinguer, lui et son môme. Faut pas, Mario. Faut pas... »

La Salmson approchait du croisement de la rue de Rome. Il devait tourner à gauche. Trente mètres encore... Une lueur folle s'alluma dans ses yeux. D'un geste sec, il tira à lui sur le bouton d'essence et donna l'avance au maxi. Le moteur ronfla, ronfla comme prêt à péter. A pleine pogne, Mario se cramponna à son bout de bois, et de la pointe de sa grolle, écrasa le champignon. La

Salmson, cravachée, fonça en bolide, creva un feu rouge, bondit dans la nuit, droit devant elle.

« Mais... mais... bordel de Dieu! » jura Ahmed déséquilibré par l'envolée subite.

Il fit vinaigre pour se redresser. De toute sa rage, il poussa son boukala dans la nuque du Rital.

« Arrête, s'pèce de fondu! hurla-t-il. Arrête, sinon... »

La Salmson paraissait avaler les réverbères. Le vent miaulait sous le châssis. Toute la gomme qu'il mettait le Mario. Derrière, la quinze peinait.

L'aîné des Sora n'entravait pas. Il n'osait pas risquer sa couenne dans cette course de dingue.

Sur son cou, Mario sentait le souffle oppressé d'Ahmed. Il éclata de rire. Un rire rauque, qui noua les nerfs du Crouille.

« Bordel de Dieu! tonna le Mohamed, affolé. Si t'arrêtes pas... »

Son bras gauche enserra le cou de Mario :

« Veux-tu... t'entends?... »

Une bagnole qui débouchait de l'avenue de Villiers le fit desserrer son étreinte en vitesse. Un crissement brutal de freins. Un choc suivi d'un bruit de tôle qui se déchire. Un hurlement... Mario, lui, n'avait pas lâché son panard, pas dévié de sa route. Au pare-chocs avant de sa voiture, un bout de l'aile de l'autre trottinette vibrait encore, fouetté par le vent.

Trempé de sueur, les carreaux exorbités, à deux

doigts de la crise de nerfs, le Bic se pencha sur l'épaule du Rital. Il suppliait :

« Arrête! Quoi, t'es louf? Arrête... »

Mario se retourna un quart de seconde, le temps de lui cracher en pleine gueule. Sur sa nuque, il sentait toujours le froid de la seringue. Ahmed, un glaviot collé à son sourcil, tira. Les ongles du Rital crissèrent, cassés, retournés sur le volant. Il ne le lâcherait plus, le volant, maintenant.

Est-ce qu'il était déjà canné ou encore vivant? Il ne savait plus. De ses yeux déjà caillés par la mort, il distinguait confusément un énorme pâté d'immeubles qui se dressait à une intersection de rues. Est-ce son cadavre ou celui d'Ida qui donna le léger coup de volant à droite? Les baraques parurent grandir... grandir... Ahmed ferma les yeux et hurla comme un maudit.

Un petit rire, aussitôt noyé dans un flot de raisiné, jaillit des lèvres du Rital. La Salmson vola au-dessus du trottoir. Dans un barouf du tonnerre, elle alla se défoncer contre les pierres de taille. Une torche gigantesque éclaira l'aube.

*

La flamme illuminait l'avenue comme en plein jour. Pierre Sora arriva dessus deux minutes après. Réveillées par le boucan, des tronches se montraient aux fenêtres. Des frangines avec des bigoudis sur le cassis, piaillaient comme des jobardes. Elles se voyaient déjà en train de griller, les bourgeoises!

Mario pouvait se vanter d'avoir collé de l'animation dans le secteur. Les pompiers et les condés devaient en recevoir des appels au secours! D'un porche, un pipelet, bacchantes à la Guillaume II plantées sur une frime d'écluseur de beaujolais, venait d'apparaître. Il avait un casque de 14 sur le chou et une musette en bandoulière. Il devait se croire en 1942, du temps de la défense passive, l'honnête citoyen.

Les châsses dilatées, les Sora mataient, impuissants, leur frangin qui se recroquevillait dans sa rôtissoire. Y devait pas avoir frisquet, l'Ahmed : la capote flambait comme un feu de la Saint-Martin. Il l'avait pas encore dessoudé. On pouvait gaffer sa paluche droite qui, pendant hors de la portière écrasée, griffait la poignée, à petits coups.

Le mironton au casque tenta d'approcher. A deux reprises. Brave héros. Seulement y avait rien à maquiller. Ça chauffait trop. Tant pis pour sa poire : il n'aurait pas sa médaille. Du Rital, on ne biglait que le dos. Sa tête, elle, était passée de l'autre cousta, à travers le pare-brise.

Pierre Sora, cloué de stupeur à son volant, regardait :

« Qu'est-ce qu'a pu se produire, bon Dieu?

— Qu'est-ce qu'a pu se produire? grinça Ali, blême de rage. Eh bien! c'est qu' t'as trop d'idées, chef de douar! Si tu m'avais laissé m' camoufler avec Ahmed dans la bagnole, ça serait pas arrivé. J' l'aurais freiné, moi, le Rital!

— Ta gueule! Tu vas la boucler, enfant de putain! »

La pogne du camé disparut dans les replis de son lardeuss. Celle de son aîné, par réflexe, sous son aisselle gauche.

« Tente rien, dit celui-ci d'une voix qui tremblait. Autrement j' te farcis d'auto, s'pèce de con. T'iras rejoindre Ahmed. T'entends? »

Tranchant sur la noirceur du pardessus, la griffe d'Ali réapparut, vide.

« C'est bon, dit-il à contrecœur. Mais me traite pas comme ça, sinon... »

Il s'interrompit, pointa son index sur la Salmson :

« Gaffe! cria-t-il. Gaffe! »

Comme secoué par une décharge électrique, le corps d'Ahmed venait de ressauter dans la décapotable. Son bras, hors de la portière, se raidit brusquement, puis demeura immobile, tendu noir dans sa rigidité.

Les sirènes de la poule et des pompiers hurlèrent, très proches.

« Barrons-nous! cria l'aîné des Sora. Y a pu rien à faire maintenant... Manquerait pu qu'on soit marrons ici. »

Il embraya.

« J'ai une idée, dit-il en amorçant un virage. Pour venger Ahmed et encaisser les diams.

— Ouais! ricana le cadet. Comment? »

Pierre Sora passa un doigt sur sa balafre, soudain pourpre d'émotion :

« T'inquiète pas. Mais tu peux être sûr qu'on va les palper les deux cent cinquante briques. C'est comme si elles étaient dans notre fouille. Comment que j'ai pas gambergé ça plus tôt, cave que j' suis ! »

La grillade de son frangin lui était déjà sortie du trognon. Pour l'instant, y avait autre chose à penser. D'urgence. Fallait les chouraver, ces diams. La plus belle opération de l'époque. Et c'est lui, Pierre Sora, qui la réaliserait. Ça pouvait plus rater.

Il stoppa dans la rue de la Goutte-d'Or. En moins de deux, il escalada les marches de l'hôtel et s'enquilla dans la piaule où son gérant pionçait. Il y resta dix minutes. Quand il en décarra, il riait tout seul, méchamment. Sans se fringuer, il se jeta sur le grabat abandonné par Ahmed quelques heures auparavant. Dans l'autre strasse, Ali, après avoir chatouillé la boutanche de raki, venait de s'enroupiller.

CHAPITRE XIV

Le Levantin s'était retaillé à Londres, par le dur. Comment se débarboterait-il pour faire passer les diams? Ça n'était pas les oignons de Jo ni de Tony. D'ailleurs, rien ne prouvait que le fourgue soit assez gonflé ou assez nature pour trimbaler la came avec lui. Peut-être qu'il l'avait laissée à Paris. Dans une planque à lui. Eux, les casseurs, n'avaient pas à gamberger là-dessus. Ils avaient encaissé leur aspine : cent vingt briques en biftons de dix raides, alignés par packsons d'une unité dans une valdingue. C'était doux à contempler ces laissez-passer de la Banque de France. Ça réchauffait le palpitant. Et pas si encombrant que ça, ma foi.

« J'en aurais plein une malle-cabine de ces p'tits amuse-gueule, que ça m' dérangerait pas », blaguait Tony.

Sa santé allait mieux depuis deux jours. La vase, le brouillard s'étaient fait la paire. Leur avait succédé un mignon soleil qui avait chauffé duraille pour une fin octobre. Les éponges du

Stéphanois fonctionnaient mieux. Il crachait moins. Le tas de pognon, sur son divan, pourrait contribuer largement à rembiner son état. Il sourit au Suédois qui, d'une plume glissée à travers les barreaux, taquinait Dorothée.

« Laisse, Jo, dit-il. Tu vas l'auticher. Elle est tellement mauvais fer qu'elle va se venger sur son Jules. »

A son tour il s'approcha de la cage. Du doigt, il sermonna le gros serin jaune :

« T'as pas honte, un gros lascar comme toi, d'te laisser tisaner par une sœur? Bougre de cloche que t'es! »

Il éclata de rire, gaffa son pote :

« Ma parole, c'est un homme du monde, ce Charlot! Y renaude jamais. Un vrai cave, j'te dis! »

Le Suédois retira la plume, s'en frotta la joue.

« Qu'est-ce qu'on va faire du taffe à Mario? dit-il. Il a pas d'vieux! Personne à qui refiler son oseille! »

Tony acheva de récurer la plaque de zinc qui servait de plancher à ses piafs, la remit en place soigneusement et marmonna :

« Puisqu'il n'a pas de famille, on va se fader son panard entre nous, non? Que veux-tu qu'on en foute? Qu'on en fasse cadeau à la maison d'santé des gardiens d'la paix? »

Le Suédois approuva :

« Et pour le p'tit Rital? »

Tony laissa couler des graines de chènevis dans un récipient :

« Pour César? Oh! c'est pas l'même tabac. On s'arrangera pour que ses vieux touchent sa part. Dans un marqué ou deux, j'descendrai sur Milan. Là-bas, j'me rencarderai près des potes à Mario. Y me diront où perchent les vieux de César. Pour lui, te casse pas le bonnet. Ses vieux n'jongleront pas. »

Le drelin du téléphone résonna dans la piaule. Tony se dirigea vers l'appareil planté en équilibre sur le radiateur.

« Allô! dit-il en faisant rouler une graine entre ses doigts. Allô? »

Il prêta l'oreille, soudain attentif.

« Oui, j'écoute. Quoi? Vous? Louise? »

De sa pogne libre, il freina le Suédois.

« Oui, il est là. Qu'est-ce qu'il y a, Louise? Allons, dites-le! »

Des sanglots convulsifs s'échappèrent de l'ébonite.

Pétrifié sur place, le Suédois gaffait son ami, cherchant à lire sur sa frime la raison du chagrin de Louise, qu'on entendait pleurer dans l'appareil.

A mesure que Tony écoutait, un masque d'incrédulité transformait sa poire. Une ombre enfin se plaqua sur ses traits creusés, y demeura. Sa mâchoire, sous la mince couche de peau, qui en accusait l'ossature carrée, saillit brusquement. Une lueur dure se figea dans ses yeux noirs. Il ordonna d'une voix enrouée, d'un rauque inhabituel :

« Bougez pas, Louise. On rapplique. »

Il allait raccrocher, mais on jactait encore à l'autre bout. Il dut recoller l'écouteur à son étiquette.

« Mais non, mon p'tit, fit-il au bout d'un instant. C'est pas de votre faute. Y comprendra... Bougez pas. Attendez-nous. »

Cette fois, il coupa net.

Le Suédois l'interrogea du regard. Tony hésita, les yeux fixés tout grands sur ceux de son pote.

« Ben voilà, Jo... commença-t-il. Un coup dur... Un sale coup... Le p'tit Tony a...
– Quoi? tonna le Suédois. Le môme? Qu'est-ce que tu veux dire? »

Sa grande carcasse oscilla.

« Mort, hein? » dit-il d'une voix faible.

Le Stéphanois secoua la tête :

« Non. Chouravé.
– Chouravé? Le môme? » répéta le Suédois, sourcils froncés.

Il n'entravait pas. Ça le dépassait.

Tony reprit sans ménagements :

« On vient d' l'enlever y a deux minutes près d' chez toi. Louise ne savait pas comment t'affranchir.
– J'me fous de Louise », hurla le Suédois, fonçant vers la porte.

Tony le rattrapa au bas de l'immeuble :

« Calme-toi, Jo. Prends ton bada, tu l'avais oublié. Rien n'est paumé. On va draguer partout. Tâcher de savoir. »

*

Les pognes nouées, Louise les guettait derrière la porte entrebâillée. Quand le Suédois pénétra chez lui, elle s'affaissa sur sa poitrine en sanglotant.

« Qui? dit-il, en lui repoussant le crâne en arrière.

— J' sais pas. Deux hommes : des Bics sûrement. Un gros, l'autre mince, l'air d'une hyène.

— Où? gronda le Suédois.

— Au coin de la rue. Le gosse me donnait la main. On rentrait. Tard, je l'admets. On avait passé l'après-midi au zoo. La nuit venait de tomber. »

La dabe à Tonio arborait un vache coquard sur l'œil droit. Elle laissa aller sa tête contre le trench-coat de son homme, lui noua ses bras autour de la taille :

« Le gros m'a braquée avec son revolver. Les passants pouvaient rien voir. Y en avait d'ailleurs pas beaucoup. Le mince a tiré sur le poignet du petit. J'ai crié. Alors, il l'a pris comme un paquet et il s'est mis à courir vers une voiture. A ce moment-là, le gros m'a frappée. J'ai essayé de les rejoindre. Le petit m'appelait. J'étais déjà près de leur auto quand le mince m'a donné un coup de pied dans le ventre. J'ai pas pu tenir... Je me suis écroulée. »

Le Suédois se tourna vers Tony qui restait adossé à la lourde.

« Les Sora, hein ? »

Le Stéphanois inclina le chou.

« Y veulent pas rengracier, les tantes! Mais c' qu'ils ont fait là...

— Qu'est-ce que t'as raconté aux gens ? » s'inquiéta le Stéphanois en caressant machinalement les boucles brunes de sa femme.

Elle dénoua son étreinte, offrit un visage ravagé par les pleurs.

« Rien, dit-elle dans un souffle. Personne ne s'est aperçu de c' qui venait d' se passer. Ç'a été tellement vite. Seule une vieille m'a aidée à me relever, mais elle n'avait rien vu. Trop loin qu'elle était. Je l'ai remerciée et suis montée pour téléphoner. Je voulais savoir si t'étais chez Tony. »

Elle s'agrippa de nouveau à lui :

« Jo, qu'est-ce qu'on va faire ? J'ai peur. Qui sont ces gens-là ?

— Te tracasse pas, mon chou. Tony et moi, on va s'en occuper. Rassure-toi, ils ne feront pas d' mal au petit.

— Donc les flics ni personne n'est au parfum, remarqua le Stéphanois. Vous bilez pas trop, Louise. On va se charger des zèbres. Et tout de suite. »

Du menton, il fit le serbillon à son pote.

Le Suédois s'écarta de sa femme, rejoignit Tony.

« Oui ? »

Le Stéphanois allongea la griffe :

« Tes clefs de voiture, Jo. Console Louise. La laisse pas seule pour l'instant. Attends-moi là. J' reviens.

– Mais...
– Fais ce que j'te dis, gars. J'rapplique dans une demi-plombe. Reste à ton téléphone. Puisqu'ils ont dégauchi ton adresse, y peuvent repérer ton numéro sur le bottin et chercher à t'toucher. Bouge pas. »

Il ouvrit la lourde, jeta un coup de saveur sur Louise qui les regardait en chialant.

« La laisse pas seulâbre, reprit-il. Elle pourrait affranchir les... »

La fin de sa phrase lui resta bloquée à la gargane. Il respira fortement et acheva enfin sa pensée : une énormité pour un gniard de sa trempe :

« Même si elle le faisait, j'l'excuserais. Mais nous, on a pas l'droit d'la laisser rencarder les poulets. A tout à l'heure! »

Le Suédois l'écouta dégringoler les marches. Puis avec douceur, il entraîna sa lamdé sur un divan, l'y étendit, s'assit près d'elle sans lui lâcher les mains.

Elle demeura longtemps prostrée, tout le corps agité de brusques soubresauts. Puis, les yeux hagards, elle dit :

« C'est pas d'ma faute, Jo! Tu l'sais bien. Pardonne-moi, j'aurais préféré qu'ils me... »

Une crise de nerfs lui coupa la parole. Ses ongles labourèrent la paume de son homme.

« Calme-toi, p'tit, disait le Suédois d'une voix sourde. Tu n'y es pour rien. Fais-nous confiance. Tony et moi on va récupérer le petit. Je sais c'qu'ils veulent. »

Louise se dressa d'un bloc, folle d'espoir :

« Qu'est-ce que c'est qu'ils veulent, Jo? Dis-le-moi. »

Le Suédois la força doucement à se recoucher :

« Non, mon p'tit. J' peux pas t' le dire. Mais j' leur donnerai. »

« Ma part tout au moins », pensa-t-il en entendant retentir la sonnette de l'entrée.

Un calibre à la pogne, il alla délourder. C'était le Stéphanois. Au bout de son bradillon, pendait la valdingue au pognon.

« Allons dans ta carrée, Jo. Que Louise ne sache rien. »

Il balança la valise sur le plumard du Suédois, l'ouvrit. Les cent vingt unités s'y trouvaient, intactes.

« V' là l'aspine, dit-il. Si les Crouilles tubent pour l'avoir, d'accord. On leur donnera. »

Le Suédois protesta :

« Non, pas tout, Tony. Pas ton pied ni celui de César. J'ai pas l' droit...

– Passe la main, Jo. C'est déjà veinard pour nous s'ils acceptent l'oseille. P't'être qu'ils vont exiger les diams. »

Il décarra une pipe de sa ballade, l'alluma, gaffa son pote d'enfance. La fumée ne voilait pas la dureté de son regard.

« Maintenant, Jo, j' dois t'affranchir que je vais foncer pour essayer d' sucrer les Sora. J' tiens pas à leur refiler une bougie, tu dois t'en gourer. »

Ses châsses tâtèrent le mur qui les séparait de Louise.

« Seulement, reprit-il, si je sens qu'ça peut porter tort au gosse, j'abandonne. Pognon et tout. »

Il reboutonna son lardeuss, noua son cache-col :

« Reste ici. »

Et levant la pogne pour devancer le mouvement de son ami :

« Je sais qu'c'est duraille pour toi d'attendre sans rien foutre. Mais y a pas d'autre moyen. Faut pas quitter ton téléphone. J'te passerai un coup de grelot toutes les demi-heures, nouveau ou pas. De ton côté, s'ils te font signe, vas-y, porte-leur l'artiche. N'oublie pas en partant d'laisser la commission à Louise. Ou si elle n'est pas bien, avertis le vieux Fredo. J'lui tuberai aussi toutes les heures. J'garde ta tire... »

CHAPITRE XV

Les plombes s'écoulaient, angoissantes pour le Suédois. Depuis le départ de Tony, il n'avait pas cessé de gaffer le téléphone près duquel il était assis. Toute sa vie était suspendue à ce truc inerte, d'où pendait un long fil noir.

Dans la piaule à côté, Louise, bourrée de gardénal, pionçait. Une bande Velpeau lui ceinturait le baquet, là où le Bic l'avait satanée d'un coup de grolle.

Pour la calmer, il avait tellement fallu la doper qu'elle paraissait cannée, sous ses berlues. Une légère sueur mouillait le dessus de sa lèvre supérieure. Sa jolie bouille était d'une pâleur de macchab, sauf l'œil gauche, meurtri par Pierre Sora, qui se violaçait.

Près d'elle, dans un fauteuil, Marinette, la nana à Fredo, le taulier du bar, ligotait un bouquin. Le Suédois lui avait demandé de venir veiller sur Louise.

Marinette, c'était « m'man » pour tous les voyous. Et la discrétion même. De plus, elle avait

Louise et le p'tit Tony à la chouette. Jo pouvait compter sur elle au cas où il serait obligé de riper.

Le froissement des pages qu'elle tournait arrivait jusqu'à lui.

Pour la deuxième fois de la soirée, le téléphone sonna. Vivement, il allongea la louche.

« Allô? Allô? » fit-il, pétrissant nerveusement son mégot.

C'était la voix de Tony. Encore lui. Depuis qu'il draguait la capitale pour cueillir un rencard sur les Sora, il n'avait pas cessé de tuber au hasard de ses déplacements : parfois chez Fredo; le plus souvent chez Jo.

« Toujours rien, Jo? »

Un soupir de déception se trissa de la poitrine du Suédois. De la manière dont Tony posait la question, il entrava que celui-ci n'avait lui non plus rien de neuf à raconter.

« Non, dit-il. J'attends. »

Tony l'encouragea au bout du fil :

« Te dégoure pas, gars. Je me démerde! Seulement, j'suis obligé d'y aller mollo. J'peux pas trop m'affaler sur la raison pour quoi on recherche les Crouilles. J'tiens pas à c'que ça vienne aux oreilles des condés. Manquerait plus qu'ils sachent qu'on t'a capturé ton môme. Ils vous convoqueraient, toi et Louise, et ils seraient même foutus de t'emballer en voyant qu'tu veux pas t'allonger. »

Le Stéphanois s'interrompit. Sa toux sèche arriva tout à coup dans le tympan de Jo.

« Allô? Allô? Tony! Ça va pas? »

Son œil accrocha une pendulette : une plombe déjà. Devait pas faire lauchem dehors. Ça gelait. Il attendit que la quinte à son pote se fût calmée :

« Tu devrais rentrer t'pager. Tu trouveras qu'dalle ce soir. P'être qu'ils vont m'faire signe. »

Un crachement, suivi d'un froissement d'étoffe, puis de nouveau la voix de Tony qui grommelait :

« Pas question qu'je laisse choir. J'grimpe jusqu'à la Bastille voir Lulu le flambeur. Il est pas mal chevillé avec les Ratons du coin. Possible qu'il puisse nous filer un coup d'pogne... A tout à l'heure. »

Le Suédois raccrocha. Une demi-heure passa. Ses clopes se succédaient dans les cendriers. La boutanche de gniolle posée sur le sol entre ses panards était aux trois quarts vide. Sur le tissu clair du divan, tranchait le cuir sombre de la valoche aux cent vingt briques. Près d'elle, allongée nickel et prête, la Thomson au Stéphanois. Dans les fouilles du trench-coat jeté sur une chaise, deux calibres également prêts à vaporiser leur venin.

Crâne baissé, yeux mi-clos, une mèche blonde lui barrant le front, le Suédois se triturait les genoux. Il leva la paluche pour ôter le mégot qui lui brûlait les lèvres. Mais sa main vira de direction. Il décrocha :

« Oui? Tony? »

Son battant cogna deux, trois coups plus forts dans sa poitrine. La voix lui était inconnue.

« Non, disait-elle. Pas Tony. C'est toi, Suédois? Tu sais qui j'suis? Oui? »

Une pause et puis :

« Si tu veux récupérer l'colis que t'as paumé, écoute-moi bien... Hein? Qu'est-ce que tu jaspines? »

Le Suédois ne l'avait pas ouvert. Mais, d'un mouvement irréfléchi, il avait simplement empoigné un verre à dégustation et celui-ci venait de s'écraser dans sa main.

« Tu m'entends? reprit la voix.

– Oui », souffla le Suédois.

La sueur inondant sa face crispée, tombait sur le cadran de l'appareil.

« Bon, enchaîna son interlocuteur. J'ai deux heures moins vingt à ma toquante. Trouve-toi au métro Bagnolet à deux heures dix tapant. Seul. Avec c'que tu sais. Sans armes. J'ai dit seulâbre et pas enfouraillé, spécifia la voix d'un ton menaçant. Tu sais ce qui arriverait si... »

Le déclic à l'autre bout fit reculer le Suédois, comme s'il venait d'effacer un coup de boule en pleine gueule. Il se secoua, enleva un morceau de verre planté dans sa paume et se sapa en vitesse.

« M'man », appela-t-il à voix basse.

La vieille Julie à Fredo, âgée de soixante carats passés, s'amena sur la pointe de ses targettes à talons plats.

« Oui, Jo?

– Faut que j'me trace, dit-il. Restez avec Louise. J'sais pas pour combien d'temps j'en aurai.

– Vous faites pas d'mousse, Jo. »

Elle repéra la valise qu'il portait, la Thomson sur le divan ainsi que les deux calibres qu'il venait d'y balancer. Elle tourna la tête. Cette artillerie, comme la disparition du gosse qui était soi-disant à la campagne, l'intriguaient. Elle n'en laissa rien voir. Jadis, avec Fredo... Avant qu'il ne se range des voitures...

« Tony va téléphoner, reprit le Suédois. Vous lui direz : Bagnolet, deux heures dix. Il comprendra. Mais dites-lui de ne pas venir. Ça aussi, il entravera pourquoi. Allez, bonsoir « m'man ». »

*

Le Suédois allongea un talbin de cinquante cigues au chauffeur.

« Ça va, dit-il, voyant que l'autre faisait mine de se vaguer à la recherche de mornifle. Garde tout. »

Le nuiteux sourit, rembraya et se fit la paire.

La valdingue à ses pieds, le Suédois s'adossa à la station de métro. Sa large silhouette se découpait dans la noïe. L'air était vif, le ciel clair. Le truand, ses esgourdes à l'affût des rumeurs, frima les environs. Pas un rat. Nul ne circulait dans ce quartier de boulots. Les caves ronflaient. Ils prenaient des forces avant de retourner au labeur. Le Suédois mata son chrono : deux heures quinze.

Est-ce que les Bics ne viendraient pas? Est-ce qu'ils l'avaient charrié? Ou bien cherchaient-ils à lui foutre les nerfs à plat pour l'avoir mieux à leurs pognes?

Il sortit un paquet de pipes de sa glaude, en prit une. Il n'eut pas le temps de l'allumer. Un bruit de pas : une ombre décarrant de l'ombre d'un porche. La clarté de la sorgue permit au Suédois de repérer un soufflant dans la paluche du gonze. Quoique n'ayant pas jaspiné aux Sora, il les connaissait de vue. Il retapissa Ali.

Ce dernier traversa la rue.

« Bouge pas », ordonna-t-il.

Sans cesser d'épier le Suédois, il bigla autour d'eux, d'un œil méfiant. Fifre. Il siffla légèrement, à trois reprises entre ses dents. D'une rue sur la droite, apparurent les phares d'une traction. La bagnole descendit le boulevard de Charonne et, dans le ronronnement de son moulin, se rangea devant le métro.

« Grimpe », commanda Ali.

Le Suédois réempoigna sa valise pour obéir. Ali lui colla au train. Assis devant le bout de bois, le gérant du Cimeterre-d'Or, lança les quinze chevaux. Dans le fond de la chiotte, Pierre Sora se recula pour faire place au Suédois. Sur ses genoux, le canon d'une pétoire se devinait dans l'ombre.

*

Le feu arrière de la quinze venait à peine de doubler le cimetière du Père-Lachaise qu'un gonze, fringué de sombre, parut au coin de la rue de Charonne et du boulevard du même blaze. C'était Tony, mains aux hanches, un boukala dans chaque poing. Il jeta un coup d'œil vif vers la station de métro. Personne. Il sacra, rengaina vite ses flingues et retourna vers la voiture de son pote qu'il avait laissée à dix mètres de là.

*

Lorsque le Suédois fut coincé entre Ali et lui, Pierre Sora s'informa, tapotant la valdingue de la pointe de sa latte :
« La came?
– Oui, dit le Suédois. Et mon môme?
– Il va bien. Il t'attend.
– Où?
– Tu vas l' savoir. Boucle-la. »
D'un geste machinal, le grand truand porta la pogne à son trench-coat. Ali, dont les carreaux étincelaient dans le noir, lui poussa son tromblon dans les côtes :
« Bouge pas. Pas avant que je t'aie vagué.
– J' veux fumer, dit le Suédois.
– M'en fous, grinça le Raton. Tiens-toi peinard. »

Pierre Sora sortit une pipe, l'alluma, la passa au Suédois.

« Vaux mieux pas qu'tu bronches. Ali est chatouilleux de la gâchette. »

Le ricanement du chauffeur confirma sa déclaration.

Quand la tire s'enfila dans la rue Louis-Blanc, l'aîné des Bics défit son foulard, le jeta sur les genoux d'Ali.

« Bande-lui les châsses. »

Il emboucanait plutôt, le foulard de chez Sulka : le genre de parfum musqué dont les Ratons raffolent. Ça montait au trognon du Suédois par bouffées écœurantes.

« A quoi joue-t-on? gronda-t-il. Au gendarme et au voleur? »

Mais Ali n'avait pas l'air de jouer :

« Vas-tu la mettre en veilleuse? fit-il. Vas-tu la fermer, ta sale gueule? »

Et, de son poing chargé, il cogna le grand mec en dessous de la ceinture.

« Nom de... »

Le juron du Suédois lui resta dans le gosier. Deux flingues, avec un ensemble touchant, venaient, l'un à gauche, l'autre à droite, de s'appuyer contre ses osselets. Il ravala sa rage.

Quelques minutes plus tard, la voiture s'arrêtait. Ali en descendit le premier, se repencha à l'intérieur, empoigna la manche du Suédois et ordonna sèchement :

« Descends... Garde tes paluches devant toi. »

Le bruit d'une carouble qui chatouille une

serrure. Une lourde qui s'ouvre. La voix d'Ali de nouveau :

« Fais gaffe. Y a une marche. »

Le Suédois leva le pied. La lourde se referma doucement. Son bandeau tomba. Il cracha son mégot. En haut d'un escalier, Pierre Sora l'attendait, la valise à la main.

« Amène-toi », dit-il.

Dans la rue, le moteur de la chiotte rugit, puis décrut.

Le calibre d'Ali dans les reins, le Suédois attaqua les marches. Pierre poussa une porte, donna le jus. La lumière réveilla le gérant de l'hôtel qui ronflait, vautré sur un divan miteux.

« Ah! c'est vous, dit-il en se frottant les paupières.

— Le mouflet? interrogea Pierre.

— Ça va. Il en écrase. Au début, il a piaillé un peu. Puis ça s'est tassé. Il est mignon ce môme... »

Ali coupa court :

« Occupe-toi de tes fesses! »

Le Suédois décocha au Bic un coup de châsse meurtrier, puis, instinctivement, se détrancha sur l'autre carrée.

« Oui, c'est là qu'il est, fit Pierre. Seulement... Attends un peu, ajouta-t-il, en voyant le Suédois amorcer un pas. Attends! » répéta-t-il en levant son flingue.

Et tourné vers le gérant :

« Toi, mets les voiles.

— Mais..., se rebiffa l'autre.

– J't'ai dit de te tracer, soupira le caïd d'un ton excédé. Allez, hop!... Tu toucheras. »

Il tendit l'oreille, écouta décroître les pas de son homme de paille qui allait finir la nuit dans une chambre de pastiquette.

« Maintenant ça va, on est entre nous, reprit-il avec un sourire sinistre. Fouille-le, Ali! »

Braqué par l'aîné, le Suédois ne broncha pas en sentant les paluches du cadet le vaguer minutieusement.

« Rien dans les glaudes ni ailleurs », dit le Bic en se relevant.

Par méfiance, il s'était agenouillé pour palper le bas du falzar au Suédois. Celui-ci s'impatientait :

« Vous avez ce que vous voulez, oui?... Alors on s'est assez vus. J'vais prendre mon gosse et m'barrer. »

De rif, il se dirigea vers la seconde piaule. Mais Ali le stoppa :

« Minute! Faut d'abord mater c'que tu nous as apporté. Ensuite, c'est nous qui t'reconduirons. Pas question qu'tu puisses retapisser notre planque. »

Comme le Suédois insistait, en deux bonds félins, il le rattrapa et le frappa de son flingue sur la nuque. Il poussait le bouchon un peu loin, Ali! Le grand truand encaissa le choc sans sourciller, puis vira de trois quarts. Son poing droit fendit l'air, et cueillit le jeune Crouillat à la pomme d'Adam. Un sifflement, comme un pneu qui se dégonfle, s'échappa des lèvres du Bic cependant qu'il vacillait avant de s'écrouler. Pour l'achever, le Suédois allait doubler de sa grolle quand un aboiement bref le freina :

« Arrête, Suédois ! »

Pierre Sora s'avançait, tocard. En rogne qu'il était le chef de clan. La chair de ses phalanges était blanche tellement sa main étreignait le calibre.

« Fils de pute ! brailla-t-il. Fils de pute... »

Le Suédois allait la déguster sa rafale ; il le pressentait. De l'œil, il évalua la distance qui le séparait du Sora. Il n'allait pas se laisser crever comme une lope. Un cri léger lui noua les tripes. Il resta sur place, frémissant. Son môme, bon Dieu !

« Papa ! »

Le Suédois tourna le chou, bondit sur son niston qui, à moitié déloqué, lui tendait les bras. Il s'inquiéta doucement :

« T'as pas d'mal, mon p'tit homme ? Non, t'as pas de mal ? »

De sa grosse pogne maladroite, il caressait les cheveux de son gars, sa petite tête, puis le serra tout entier contre sa poitrine de colosse.

« J'ai entendu boum ! dit le môme à l'oreille de son dabe. Ça m'a réveillé. Où qu'est maman ? »

Le Suédois rayonnait :

« Tu vas la voir, fiston. »

Il éloigna le petit à bout de bras, le contempla avidement, nota ses yeux fiévreux, les sillons de larmes séchées sur ses petites joues.

« Bon Dieu ! gronda-t-il, se retournant sur Pierre Sora. Si jamais vous l'avez... »

Ali, qui venait de se relever péniblement, l'interrompit :

« Ta gueule! »

De la poussière tachait son costar. Ses quinquets luisaient, sauvagement. Au bout de son poing, son flingue tremblait :

« Si tu la boucles pas, j' vas t'...

— Suffit, Ali! dit son frangin. Ouvre-moi cette valise. »

Le jeune Bic obéit en rechignant. Sa frite se transfigura lorsque apparurent les fafiots.

« Maquerelle! s'exclama-t-il, le souffle coupé. Maquerelle... »

Pierre qui, à l'écart, guettait le Suédois, interrogea celui-ci d'un mot :

« Combien?

— Cent vingt briques », répondit l'autre.

Pierre acquiesça du menton.

« Ça va. Quand on aura recompté, on vous raccompagnera. Tu vois qu'on est réguls! Alors tâche de l'être aussi. Passe la main sur cette opération et affranchis le Stéphanois qu'il laisse tomber. »

A reculons, il alla s'asseoir sur le divan, près de la valoche. Il prit une coupure au hasard, la détailla, la mira devant une ampoule et murmura :

« Ça colle. Ce sont pas des balourds. Suédois, tu vas pouvoir te tailler. Nous allons vous ramener. »

Et, vers son frangin :

« Ali, tu vas faire revenir la bagnole et dire à... »

Subitement inquiet, il cessa de rouler et scruta son cadet qui, une poignée de talbins à la main venait de se détrancher, hargneux, sur le Suédois.

« Qu'est-ce qui t'prend? Quelque chose qui cloche?

– Et comment qu'ça cloche! grinça le jeune Raton. Les baveux ont bien jacté d'deux cent cinquante unités, non? Et lui, qu'est-ce qui nous apporte? Cent vingt briques. Sans blague! Et d'abord, où sont les diams? C'est ça qu'je veux, moi! »

Le Suédois avait peine à se contenir :

« C'est ça les diams, dit-il. On les a bazardés. Tu crois pas qu'les fourgues paient la cote intégrale, non? »

Reportant ses châsses sur l'aîné, il ajouta :

« Explique-lui tout ça à ton jeune frélo. Il a pas l'air dans la course pour ce genre de boulot.

– C'est juste, Ali, approuva Pierre. Le gadjc a raison. Y a toujours près d'la moitié de perte dans c'trafic. Les fourgues se mouillent pas pour des clous. Tu devrais l'savoir!

– Toi, j'te demande rien, rugit Ali en rebalançant les biftons sur le divan. C'est à c't'empaffé-là que j'en ai. »

Il suait de haine, le drogué. Son flingue, agité d'un tremblement dangereux, désignait le Suédois. Celui-ci, blanc de frousse à l'idée du péril que courait son Tonio, reposa le gosse à terre. Il sentit les petits bras enserrer sa cuisse musculeuse. De sa grosse patte, il caressa les boucles nichées dans le bas de son manteau de pluie.

Affolé par la frime inquiétante d'Ali, le môme gémissait :

« Papa... papa... emmène-moi...

— Vain Dieu! hurla le Suédois vers Pierre Sora. Dis à ton frangin de rengracier. Y fout l'trac à mon gosse. Tu le vois pas?

— Du calme, Ali, fit l'aîné, conciliant. On a ce qu'on voulait, alors?

— La ferme! riposta le jeune Crouille. J'veux pas être doublé par ce con-là. C'est les diams qu'il me faut ou les deux cent cinquante briques. Pas une thune de moins. On a qu'à l'garder en attendant qu'il s'fasse amener le reste de l'oseille par le Stéphanois. »

Il éclata d'un rire de dingue, et poursuivit :

« T'occupe pas... Le Stéphanois va faire vinaigre à nous apporter le restant de pognon qu'ils avaient planqué. Laisse opérer Ali, j'te dis! Tu vas voir qu'on va en toucher une drôle de pincée. »

Son rire s'éteignit. Ses narines s'évasèrent; une lueur démente brilla dans ses yeux. Il ordonna brutalement.

« Allez, Suédois! Débarrasse-toi d'ton môme. Il va retourner s'pieuter. Toi, tu vas descendre avec Pierre téléphoner au Stéphanois. Pigé? »

Jo tenta de protester :

« Mais enfin, puisque j'te dis que...

— Ta gueule! coupa Ali. On va agir comme j'ai dit. Pas autrement. »

Pierre Sora eut un haussement d'épaules et s'avança vers son cadet.

« T'es cinglé, non? Puisqu'il n'y a pas un kopek de plus à rafler. Fous-nous la paix. Les ordres, c'est moi qui les donne... T'as saisi?

— Toi, j'␣t'emmerde! répliqua Ali, le défiant du regard. Y en a soupé de tes conneries. Pour ce que ça a servi à Ahmed de t'écouter! A partir de maintenant, j'␣fais ce qui m'␣plaît. »

Pour appuyer sa décision, il décarra un second flingue de sa profonde et en menaça son frère. De l'écume ourlait ses lèvres de camé :

« J'␣vais t'␣marave, Pierre. Tu sais que j'␣vais t'␣marave?

— Pardi qu'␣tu vas m'␣buter, grinça l'aîné dont le teint venait de verdir. Tu ne penses qu'à ça. Et tu crois que j'␣vais m'␣laisser repasser comme ça sans rien dire. »

Il désigna le Suédois du menton :

« Et lui, il va rester là à nous admirer. Il va pas en profiter, s'pèce de con! »

Un peu décontenancé, Ali grommela on ne sait quoi, rengaina un de ses outils à regret, puis ajouta :

« C'est vrai... Seulement, ça change rien à c'␣que j'ai dit. J'␣veux les diams ou le restant du fric et j'␣l'aurai. Pour commencer, essayons de toucher le Stéphanois. Plus la peine d'écouter des baratins. »

Le Suédois allongea une pogne pacifique :

« Sois pas têtu, dit-il. Tony peut pu rien vous refiler. Tout est là, au complet. Tiens! J'te l'jure sur la tête de mon gosse. Tu m'crois, au moins? »

Par un réflexe de drogué, Ali se passa un pouce sous le tarin et aspira fortement. Une grimace de déception tordit sa bouche. Vivement, il se fouilla, retrouva un peu de poudre dans un papier, la prisa. Ses mains agitées d'un tressaillement parurent retrouver un peu de sûreté. C'est d'une pogne plus ferme qu'il braqua le Suédois.

« Et comment, que j'te crois! ricana-t-il. Allez, sépare-toi du lardon, que j'l'envoie s'pager. Fissa. »

« Bon Dieu, songea le Suédois, matant les lèvres retroussées d'Ali. Louise avait raison. Il a tout d'là hyène, ce mec-là! »

« Ecoute, dit-il, malgré tout, sois pas buté! Tony peut plus récupérer les diams. Il sait pas où ils sont. Quant au pognon, c'est tout ce qu'on a. Parole...

– J'suis pas bon à tes salades, s'entêta le jeune Crouille. Envoie le môme se pagnoter. »

La rage au cœur, le Suédois implora l'aîné, mais celui-ci écarta des bras impuissants.

« J'y peux rien, dit-il. Le frangin croit qu'vous nous avez doublés. (Une étincelle s'alluma dans ses yeux sombres.) J'sais qu'il se goure pour la totalité de la somme, j'connais les fourgues. Mais possible après tout qu'vous ayez palpé plus de cent vingt briques. Si c'est vrai, t'as intérêt à tuber à ton pote. Plus vite tu le décideras, plus vite tu pourras embarquer le mouflet. »

Le Suédois serra les crocs. Dans quelle impasse il était! S'il avait pu leur parler du Levantin, retourner à Londres et convaincre le fourgue? S'il avait pu lui rendre son artiche et récupérer les cailloux? Oui, bien sûr, mais c'était impossible. La camelote pouvait être n'importe où à présent : dans un recoin de cargo ou de chalutier, derrière les tubulures d'un avion. Va savoir? De toute façon, le coup était envoyé, fallait se l'avaler. Le Levantin, même s'il avait voulu rendre service à Jo, ne reviendrait plus en arrière. Il ne le pouvait pas. Il n'était pas le seul dans le gang des diams...

Ali s'énervait :

« Alors! Vous descendez? »

Jo se courba sur son môme :

« Retourne te coucher, fiston. Essaie de faire dodo; j' reviens d' suite. »

Le plus doucement qu'il put, il tenta d'écarter le gosse qui larmoyait contre ses jambes :

« Non, non, papa. J' veux pas qu' tu m' laisses. J' veux retourner chez nous. »

Le Suédois souleva le lardon qui, maintenant, hurlait de frayeur. Il gaffa Pierre Sora, esquissa une sorte de grimace.

« J' vais l'emmener avec nous, dit-il. Il aura moins les foies qu'ici. Ça t' dérange pas? »

L'aîné des Troncs haussa les épaules :

« J' m'en fous. Mais fais-le taire. Y m'énerve à piailler comme ça.

— Là, là, doucement, petit homme, murmura le Suédois au môme. Pleure plus. On va tâcher d'joindre Tonton Tony. Tu veux? »

Tout en apaisant son fils, il gambergeait dur. « Que faire? De toute façon, Tony saura pas où nous joindre. Ils lui balanceront pas leur adresse. Ils vont lui filer un rencart comme à moi, à un métro ou ailleurs. A quoi ça avancera? Il pourra pas nous aider beaucoup. Si encore y avait pas l'gosse... »

Voyant Pierre Sora qui se dirigeait vers la lourde, il s'apprêta à le suivre. Ali stoppa le mouvement :

« J't'ai dit de laisser l'môme ici! En v'là des magnes! Fous-lui une paire de baffes s'il veut pas t'obéir. »

Il écumait, le jeune Sora. Il jouissait de tenir entre ses griffes l'un des truands les mieux cotés de Paris. De par son gosse, il le sentait à sa pogne. Il en profitait. Ça le faisait goder. Il brailla :

« Allons! Repose-le par terre, ton merdeux. »

Le visage du Suédois se vida brusquement de son sang.

Pierre, excédé, lui dit :

« Fais ce qu'il te dit. Ne paumons pas notre temps avec ce fondu. »

Ali se contenta de ricaner. Son frangin pouvait toujours vanner! Lui aussi, avec un calibre à la main, était de l'envergure d'un Suédois! C'était misto comme sensation!

Jo reposa son moutard sur le plancher. Qu'est-ce qu'il n'aurait pas donné pour être bouclé dans une carrée avec Ali, dans un match au finish, tronche à tronche?

« Va », dit-il au gosse.

Il lui indiquait la piaule voisine, sans lumière, d'où parvenaient des odeurs débectantes.

« Va, papa revient...
— Mais, trépigna le gamin... j'veux... »

D'un bond de fauve, Ali lui sauta dessus, lui empoigna le bras et entraîna le niston hors de portée du Suédois.

Le petit, fou de terreur, gigotait en vain et criait :

« Papa! Papa! »

Devançant le réflexe du Suédois, l'aîné des Ratons planqua son flingue dans les reins du père.

« Joue pas au con! ordonna-t-il. Fais gaffe! »

Avec précaution, il contourna le grand truand :

« Mets tes pognes derrière ton dos. Bouge plus! »

Et le père obtempéra. Il était livide. Bon Dieu! qu'ça lui coûtait! Il en tremblait de rage et de peur pour son gosse. Ali lui foutait les grolles. Tant pis. Perdu pour perdu, il calcula ses chances. Fallait faire vinaigre. Pas paumer une seconde. D'abord, dessouder Ali, le plus toc des deux. Même si lui morflait dans le coup et ça faisait pas un pli que l'aîné défouraillerait, il sentait que Pierre ne toucherait pas au môme. Donc...

« Papa! » hurla le p'tit Tony, solidement maintenu par la pogne du Crouille.

La paluche droite du Suédois s'activa. Elle remontait dans son dos, sous la manche gauche du veston, là où était fixé par des lanières qui lui encerclaient l'avant-bras, un couteau à lame triangulaire : une sorte de poignard de gladiateur qu'il avait attriqué au marché aux puces. Ali l'avait bien palpé sous toutes les coutures, mais il ne connaissait pas ce truc-là, le Raton ! Il allait leur faire frimer, aux Bics, comment on jette une saccagne ! Pour sauver son moujingue, fallait viser juste. A la gorge. Légèrement au-dessus du faux col crasseux. Sûr que l'aîné le farcirait de plomb. Et après... Rien ne dit qu'il ferait mouche...

Son geste de tueur, c'est la claque d'Ali au môme qui le déclencha. Tenant la lame par le bout, Jo la lança vachement, dans un retrait de l'épaule droite. L'acier siffla... Mais le p'tit Tony, en se débattant, sauva le Bic. Ali, avait bougé pour le regifler. La lame lui rasa le cou dans sa course meurtrière, puis alla se pointer en vibrant dans une armoire en bois blanc.

Comprenant qu'il venait de louper son numéro et n'escomptant pas de fleur de la part des Crouilles, le Suédois fonça comme un taureau dans la trajectoire de son lingue. Ali, sans larguer le môme, lui vida un chargeur dans le bureau. Pierre Sora, lui aussi, frôlé par le Suédois, fit un bond en arrière et balança la purée. Toutes ses bastos. Le Suédois tournoya, foudroyé en pleine course.

« Papa !... Papa !... » hurlait Tonio.

CHAPITRE XVI

Le Tony rageait en pilotant la voiture de son pote. D'un loubé qu'il avait manqué les Sora au métro Bagnolet! S'il avait pu raléger à temps, peut-être que tout aurait cambuté. Avec un peu de pot et d'estom' il aurait pu flinguer l'un des Crouilles, sauter à la gargane de l'autre, l'obliger à s'allonger sur l'endroit où était planqué le p'tit à Jo. Pourtant, en gambergeant bien, il savait qu'il n'avait pas le droit d'y aller au rendez-vous. Il avait commis un douze. Les Bics étaient mariols. Sûr qu'ils étaient sur leurs gardes. Et puis, la vie du môme était en jeu. Tony ne s'y était pas attardé sur le coup quand « m'man » au téléphone lui avait indiqué où Jo avait rencart. Il n'avait songé qu'à foncer, espérant tout sauver : l'oseille et le reste. Maintenant, il s'incendiait copieusement. Il s'en voulait d'avoir été si impulsif. C'est le renaud d'être doublé par les Crouilles qui le poussait à agir sans réflexion. Il ne pourrait donc jamais louvoyer comme les autres, montrer un peu de diplomatie? Fallait toujours qu'il rentre dedans le calibre à la pogne. Pour ce que ça lui avait réussi avec les Sora! Plus marles que lui et Jo, qu'ils avaient été. Oui, bien sûr... mais faucher un môme... Qui pouvait se la donner que les Ratons oseraient leur jouer un tel galoup?

Pour se calmer, il ne lui restait plus qu'une chose à faire : monter chez Jo, attendre son retour et celui du gamin. L'opération leur coûterait cent vingt briques. Et après? Les Sora, de toute façon, auraient du mal à les becqueter. Même s'ils se traçaient au bout du monde, ils ne verraient pas ce coup-là à l'œil. Tant qu'il aurait une goutte de raisiné à glavioter dans ses mouchoirs, le Stéphanois leur collerait au train. Jusqu'à ce qu'il les repasse. De sa pogne.

Il grimpa chez le Suédois, sonna. « M'man », les châsses brouillées par le manque de sommeil, vint lui délourder. Tout de suite, elle s'informa en soulevant la chaîne de sécurité :

« Eh bien, Tony, tu as rejoint Jo?

— Non, « m'man », dit-il, secouant sa face pâle aux joues creuses. J' suis arrivé à la bourre. Jo n'était plus là... Et Louise, elle pionce toujours?

— Oui. Un peu agitée tout à l'heure. Maintenant, ça va. »

Le Stéphanois s'entifla dans l'entrée, ôta son bada, passa ses longs doigts dans ses tifs, argentés aux tempes.

« Vous restez, ou vous voulez que j'vous reconduise, « m'man »?

— Je reste, répondit la vieille. J'crois qu'on va avoir besoin de moi ici, garçon, si j'me goure pas.

Quand j'me sentirai trop vannée, je m'allongerai à côté d' Louise.

– Comme vous voudrez, « m'man », dit Tony. J' vais dans le salon, j'attendrai Jo. Tâchez d' dormir un brin. »

Dans la carrée, il gaffa le verre brisé dont les morceaux jonchaient le tapis, la boutanche d'alcool quasi vide et soupira. Il quitta son lardeuss, en débarrassa l'artillerie qui en déformait les vagues et jeta le tout près de la Thomson. Il essaya d'allumer une pipe. La fumée le fit tousser. Ses éponges mitées recommençaient à le chatouiller. Surtout le poumon droit. En haut, dans l'énorme cavité de celui-là, se croisaient des râles. Du pouce, il écrasa la toute roulée et se baissa vers la bouteille de gniole qu'il nettoya d'un trait. L'alcool lui chauffa les entrailles, mit une rougeur bidon à ses joues. Du fade lui remonta de la gorge. Il cracha un glaviot épais, sanguinolent.

La carcasse secouée de tremblements fiévreux, les panards et les pognes glacés, il s'étendit sur le divan. Son œil, sans la voir, accrocha la Thomson.

Deux plombes plus tard, « m'man » le retrouva dans la même position. Il ronflait, la bouche ouverte, la sueur aux tempes. Elle le déchaussa, le recouvrit d'une berlue de laine, le borda, éteignit et s'en alla silencieusement.

Vers les neuf heures, des cris le tirèrent de son mauvais sommeil. Il tressaillit, allongea instinctivement la paluche vers un calibre.

C'était Louise qui réclamait son gosse.

« M'man » avait du mal à la maintenir. Le Stéphanois renquilla son flingue dans la fouille de son froc et s'approcha du paddock. Lui-même était étonné. Des châsses, il interrogea « m'man ».

« Rien, souffla-t-elle. Pas rentré.
– Vous bilez pas, Louise, dit Tony en s'emparant de la main de la jeune femme. Ils vont plus tarder. »

Ils?... « M'man » dressa l'oreille. Elle ne s'était pas foutue dedans avec ses suppositions. Le môme n'était pas à la camp'. Quelque chose se passait qu'elle pressentait pire que tout ce qu'elle avait vécu avec son Fredo. Elle ne demanda rien cependant puisqu'on ne lui expliquait rien.

Louise se lamentait :

« Jo... Où est Jo? Comment se fait-il...
– Il est parti chercher l' gosse, coupa le Stéphanois. Vous faites pas de mouron. Ils vont radiner bientôt. »

Mais il n'y croyait pas. Il était arrivé un emmerdement. Lequel? Il avait beau se creuser le cigare, il n'entravait pas. Depuis tant d'heures que les Sora avaient encaissé l'aspine, le Suédois aurait dû être de retour avec son mignard. A moins que...

Ce qui venait de se présenter à son esprit le fit se détrancher de Louise. Il manquait de toc de la mater. Gêné, il lui lâcha la griffe et dit :

« « M'man » va rester avec vous, Louise. Elle va tuber au docteur. Moi, j' dois me barrer. Faut que j' passe chez moi changer de harnais... »

Il grimaça un sourire pour tenter de lui donner confiance avant d'achever :

« .. et donner à briffer à mes piafs. »

« « M'man » le suivit dans le salon, l'aida à se reloquer. Inquiète, elle aussi :

« Qu'est-ce que je dois faire, garçon ? »

D'une main lasse, il tapota la vieille épaule :

« Soignez-la, « m'man ». La quittez pas. Arrangez-vous pour que l'toubib lui fasse une piquouze. Faut qu'elle roupille le plus possible. Ça lui évitera d'gamberger. En passant, j'vais affranchir Fredo. Lui dire que vous êtes prise. Il pigera, non ?

– Bien sûr, qu'il pigera. J'suis pas indispensable au bistrot... C'est sérieux, hein, Tony ? »

Ses yeux, qui en avaient tant vu, imploraient une confidence.

« Oui, « m'man », je l'crois, murmura Tony. C'est pourquoi j'ai besoin d'avoir les coudées libres, savoir que Louise est pas seulâbre.

– Je m'occuperai d'elle, garçon. »

La vieille femme l'accompagna jusqu'à la porte, le regarda avec une tendresse amère ; elle en connaissait des comme lui.

« Va, dit-elle, et t'casse pas l'bonnet. »

*

Le Stéphanois monta chez lui en vitesse. Il se rasa, prit une douche. Physiquement, ça le retapa.

Après avoir incendié Dorothée qui, comme

d'habitude venait de bastonner Charlot, il se fringua de neuf : un costard, un lardeuss décarrant de chez Thomasini. Dans un tiroir, il rafla une brique et demie, le pognon chouravé au poker. Il se le mit en ballade. Il en avait besoin pour arroser les Bics de la Charbonne. Fallait qu'il les fasse jacter à n'importe quel blot. Fallait qu'il sache où étaient les Sora, qu'il les accule et les flingue, comme des clebs enragés.

En descendant de son gourbi, il fit un saut chez Fredo. Après avoir mis le vieux taulier au parfum, et comme il débouclait la porte pour se retailler, il se cogna dans Mado.

Les pansements de son ancienne gonzesse avaient disparu. Quelques légères cicatrices lui marquaient la poire. A vrai dire, on les repérait pas bécef : un placard de poudre de riz les camouflait.

« Qu'est-ce que tu branles ici? gronda-t-il, lui empoignant brutalement le bras. Est-ce que ton ordure de Crouille t'aurait chargée d'une comm' pour moi? Dis, salope, réponds.

– Lâche-moi, Tony. Tu m'fais mal », gémit-elle.

Sans se soucier des passants, il allongea son autre main et agrippa Mado par les tifs. Son poing vrilla dans la lourde chevelure qu'il tira sauvagement, vers la nuque.

« Tu m'fais mal », gémit-elle de nouveau.

La douleur lui noya les carreaux. Les larmes roulèrent sur ses joues, délayant le fard.

« Vas-tu me répondre, salope! grinça-t-il, son

visage à toucher celui de Mado. Où qu'il est ton Crouille pourri?

— C'est... C'est c' que j'venais te dire, murmura-t-elle.

— Hein? fit-il surpris. Tu sais où il se planque? »

Il la lâcha, la frima attentivement. Elle baissa la tête; ses crins lui voilèrent une partie du visage.

« Oui, dit-elle dans un souffle. C'est pour ça que j'suis là.

— Bon Dieu! (Il l'entraîna à l'intérieur du tapis.) Tu pouvais pas jaspiner plus vite. Me mettre au courant. Où qu'ils sont?

— Ali, j'sais pas. Mais Pierre, lui, il est rentré à l'appartement.

— Y a longtemps?

— Une plombe à peine. Il a l'air en boule. Paraît qu'son frangin lui a tiré dessus.

— Il a morflé?

— Non. Ali l'a loupé. D'un rien. Pierre n'a eu qu' le temps de s' tracer. »

D'un signe, le Stéphanois commanda deux cafés au vieux Fredo :

« Pourquoi qu'ils sont en suif tous les deux? Tu l' sais? »

D'une main aussi lasse que son regard, Mado repoussa sa chevelure en arrière.

« Pierre, dit-elle, à ce qu'il paraît, toujours d'après lui, a voulu empêcher son frangin d' faire des conneries. L'autre lui a fait du gouale : ils se sont riflés. Pierre m'a même affranchie que... »

La sœur détourna les yeux, plongea la cuiller dans sa tasse. Sa pogne tremblait :

« ... que... qu'ils avaient volé le gosse au Suédois hier soir. C'est vrai, Tony?

— Qu'est-ce que tu... »

Elle se suspendit au revers de son pardessus :

« C'est pour ça que j'te cherchais. Les laisse pas faire, Tony. Un gosse... »

Le Stéphanois lui releva le menton, la sonda jusqu'au fond des yeux et du cœur :

« Bon, dit-il. Emmène-moi chez toi. Si jamais tu m'tends un piège, que tu m'mènes en belle... »

*

Il stoppa la tire un peu avant d'arriver chez Pierre Sora. Mado décarra en tranche et dit :

« Laisse-moi un peu d'avance. Viens dans cinq minutes. J'vais me démerder pour entraîner Pierre dans la pièce du fond et l'baratiner. Tu te souviendras? La pièce du fond.

— Ça va... J'te fais confiance. D'une façon ou d'une autre... »

Elle frémit sous la menace. Elle pénétra dans son immeuble. Le Stéphanois lui laissa de l'avance, puis d'un pas nonchalant, s'enquilla à son tour. Dans l'escalier, il croisa une ménagère qui descendait aux provisions. Il s'effaça, souleva son bada comme un gonze bien élevé et poursuivit la montée. Du panard, il tâta la lourde du caïd des Crouilles. Elle s'entrouvrit. Fissa, il se glissa à l'intérieur. Chacune de ses paluches étreignait un pousqué. Les oreilles tendues, les épaules rentrées, il se dirigea lentement vers le fond, vers un bruit de voix. Cette porte-là non plus n'était pas lourdée. Il s'arrêta devant, prêta l'esgourde.

« Mais enfin, disait Mado. Qu'est-ce que t'as? T'es tout drôle. Pourquoi qu'tu prépares tes valises? Tu ne m'as pas mise au parfum qu'tu partais en voyage!

— Ta gueule! fit une voix d'homme. Occupe-toi d'tes fesses. »

De l'épaule, d'un coup sec, le Stéphanois poussa le battant.

Pierre Sora se retourna, livide. Ses nerfs paraissaient en avoir dégusté un sacré coup. De saisissement, en retapissant le Stéphanois, il laissa choir une pile de limaces de soie.

« Mais... bégaya-t-il, devant la mine de tueur de Tony. Qu'est-ce que... »

D'un de ses flingues, Tony lui indiqua un pouf recouvert de cuir d'Arabie.

« Pose ton cul là-dessus, dit-il. Tu m'parais pas beaucoup tenir sur tes cannes. »

Et, à l'intention de son ancienne polka :

« Va refermer la lourde à l'entrée. »

Il attendit qu'elle soit revenue. Puis, d'un œil presque indifférent, tellement il était dénué d'expression, il mata le Raton :

« Raconte. Fais vite. »

Le Crouille agita ses mains grasses :

« Tony, j'te jure que pour le môme, l'idée n'est pas d'moi...

– J' tiens pas à connaître qui a eu l'idée. J' veux juste savoir où il est, lui, son dabe, et le pognon. Alors? »

Sa voix, comme son regard, était morne. Ça foutait les flubes au Bic, ça lui donnait une sacrée envie de dégueuler. Il n'était pas le premier, d'ailleurs, à qui ça arrivait d'avoir envie d'aller au refile devant le Stéphanois.

« Te dire où est le môme, j' peux pas, avoua-t-il enfin, en salivant avec peine. Tout de suite après mon départ, j'ai tubé à l'hôtel où nous étions planqués. Mon gérant m'a affranchi qu'Ali s'était natchavé avec le môme.

– Quel hôtel?
– Le Printemps. Rue de la Goutte-d'Or.
– Continue. »

Le Bic écarta les bras :

« C'est tout c' que j' sais, Tony. Parole.
– Comment s'est-il taillé? Avec quelle bagnole?
– J' sais pas, Tony. A pinces, pour sûr, puisque j'avais pris ma tire. »

Il dut se méprendre sur un mouvement du Stéphanois, car il ajouta précipitamment :

« J' te jure que c'est la vérité. Sur mon père, sur ma mère, sur leurs tombes, j' te l' jure.
– Où l'a-t-il embarqué? »

Tony poursuivait l'interrogatoire, d'un air si froid que le Tronc porta les mains à sa frime, comme pour la protéger. Il pleurnichait, le salaud :

« J' peux pas t' dire. Il est devenu complètement sonné. Ça l'a pris en voyant l'pognon. Il croit que vous en avez gardé...

— Comment qu'ça s'fait qu'tu t'es laissé tirer dessus sans répondre? »

Le Crouille lança un regard venimeux vers sa gonzesse avant d'avouer d'une voix blanche :

« Parce que... Mon chargeur était vide... »

Une ride creusa le front du Stéphanois :

« Ton chargeur... Et le Suédois... Où est le Suédois? »

Le Bic baissa le trognon. Ses bras retombèrent le long de son corps.

« Buté, hein? »

Et Tony, en moins de deux, prenant appui sur son pied gauche, de toutes ses forces, balança son droit en plein dans la gueule du Raton. Ce dernier culbuta.

« Debout! » ordonna Tony.

Il reculait, ses deux calibres aux poings :

« Le Suédois?

— Clamsé, murmura l'autre. Ali...

— Bien sûr, toujours Ali, gronda le Stéphanois. Et les cent briques? Ali aussi? »

L'autre fit oui de la tête. Dans ce mouvement, un flot de raisin s'échappa de ses narines et lui pénétra dans la bouche. Il le recracha, et deux de ses crocs avec, avant de continuer :

« ... il avait un deuxième flingue. Il m'a braqué... C'est quand j'ai voulu avancer sur lui qu'il m'a défouraillé dedans. J'ai juste eu le temps d'me faire la paire. Dans l'escalier, il m'a crié : « J'garde tout, pognon et môme. Le premier qui les voudra... » J'ai cavalé jusqu'au Cimeterre-d'Or pour aller m'charger et trouver du renfort. C'est de là que j'ai passé un coup d'grelot à mon gérant. Il m'a dit qu'Ali venait d'se tailler. »

Pierre Sora se courba, ramassa une de ses chemises, s'en essuya la poire et acheva :

« J'ai dragué partout pour essayer d'lui mettre la pogne dessus. Personne ne l'a vu. Alors j'suis rentré pour faire mes malles. J'voulais me trisser au pays pendant quelque temps. J'avais l'trac de t'rencontrer.

– T'as pas eu tort, mec, fit le Stéphanois. T'as pas eu tort. »

Son calibre muni d'un silencieux sauta dans sa pogne un dixième de seconde. Toujours comme ça qu'il envoyait la sauce, Tony. Le Bic morfla, de bas en haut, en pointillé. Tout le chargeur. Il demeura debout un chouïa. Sur sa joue, sa balafre rosit. De l'étonnement, puis de la rage se plaquèrent sur sa frime de chef de douar. Il s'écroula en avant, comme une masse. D'un saut de côté, Tony l'évita.

Les carreaux dilatés, tremblante comme une feuille, Mado contemplait le cadavre de son barbeau. Elle eut tort de vouloir s'agripper à un rideau, un peu trop nerveusement. Les anneaux cédèrent. Le rideau dégringola sur le plancher.

Tony manœuvra posément la culasse de son flingue, souffla dans le canon et, d'un geste expert, cambuta le chargeur vide. Ensuite, il bigla son ancienne nana, et dit, un soupçon de sourire sur ses lèvres minces :

« A ta place, pour éviter les emmerdements, j'affranchirais les condés, mais... » Son sourire se figea : « Si tu m'laissais deux, trois jours sans leur balancer mon centre, ça m'arrangerait. J'ai besoin d'ce délai.

— Tony, t'es fou! se récria Mado. J'ai pas l'intention de...

— D'accord, dit-il, en refourrant son artillerie dans ses glaudes. Alors merci. Tchao! »

D'un pas décidé, il se barra vers la sortie.

CHAPITRE XVII

Sans moisir en chemin, le Stéphanois se rendit rue de la Goutte-d'Or. Toujours méfiant, il arrêta sa tire assez loin de l'espèce de cahute baptisée « Printemps ». Printemps? Maquarelle, il manquait pas de souffle, le gniard qu'avait décoré la cabane de ce blaze-là! Un vrai trou à punaises, oui. Des frusques déchirées, aux couleurs indéfinissables, séchaient aux fenêtres. Une gouttière avait chialé son trop-plein sur le crépi du mur : une longue et large larme noirâtre, dégueulasse à regarder. De ce qu'on pouvait gaffer de la toiture, y avait pas de mouron à se faire : un jour ou l'autre, les locataires du dernier étage n'auraient pas besoin de terrasse pour prendre leur bain de soleil! Pas de flics dans les parages. Seuls, des caves décarrant de leur boulot, dropaient dans la rue. Ils se magnaient vers leur rata. Aucun d'eux ne se la donnaient qu'un gonze avait été refroidi dans le secteur. Qui les aurait rencardés? V'là que ça devait être la première fois qu'un type se faisait repasser à l'hôtel du Printemps sans qu'on le sache! Avec tous ces Ratons qui, au-dessus des chambres de passe, vivaient à six ou huit dans une carrée, ça devait pas faire défaut, les fantasias!

Tony s'entifla dans le bistrot attenant à l'hôtel. Au coin du comptoir, quatre mirontons, la face cuite, palabraient dans leur jargon. Derrière le zinc, un citoyen se curait les crocs avec un cran d'arrêt. Tony commanda un raki, rafla deux, trois radis dans une soucoupe, les croqua et fit le serre au lascar du bar :

« J'viens d'la part de Pierre Sora. C'est toi l'patron de la turne? »

L'autre le scruta de ses yeux sombres :

« Oui, dit-il. Qu'est-ce tu veux? »

Du menton, Tony désigna la porte vitrée qui séparait le bar de l'hôtel :

« On pourrait pas causer par-là?

– Ça peut s'faire », acquiesça le Raton.

Il regagna le fond de son comptoir, donna un coup de caroulbe à son tiroir-caisse et mit la clef dans sa ballade. La confiance paraissait régner dans le casino...

« Amène-toi », dit-il en passant devant le Stéphanois.

Lorsqu'ils furent au pied de l'escalier, il se retourna brusquement :

« Eh bien! qu'est-ce qu'il veut, Pierre?

– Que tu m'conduises auprès du mec qu'il a maravé cette nuit...

– Hein? sursauta le Tronc.

– ... Un nommé Jo le Suédois, poursuivit Tony d'un ton persuasif. Un grand beau gars.

– Mais j'connais pas! se récria le Crouille, en glissant doucement une pogne dans sa profonde.

– Et ça, tu connais? » s'informa le Stéphanois.

Le Bic rabaissa ses châsses sur le mufle noir d'un automatique.

« Ça va. T'excite pas, grommela-t-il. Le type que tu dis est là-haut.

– Alors monte, ordonna Tony. J'te suis. Avant, sors-moi le cimeterre de ta fouille et laisse-le quimper par terre. »

Tout en guettant l'autre, Tony se baissa et s'empara du cran d'arrêt.

« Par ici », fit le Raton, sur le palier du premier étage.

Il délourda une porte. Les rideaux étaient tirés dans la carrée. Il alluma, entra. Tony suivit. Une odeur d'eau de Javel le prit à la gorge. Le plancher était encore humide par plaques. Cette fois le ménage avait été fait, en grand. Pas de trace de raisiné. Tony gaffa le divan. Au pied de celui-ci, une couverture recouvrait un corps.

« Soulève-moi cette berlue. »

Le Bic obéit. Le Suédois était là. Sans bada, sans veston ni trench-coat. Du fil de fer sur tout le corps. Un véritable rosbif paré pour l'étalage, le pauvre Suédois! A croire qu'il était cuistot à ses moments perdus, le gérant du Printemps.

En silence, Tony contempla son pote d'enfance. Ça le remuait drôlement aux entrailles. Jo et lui étaient amis depuis toujours. Ensemble ils avaient mis en l'air leur premier branque. Ensemble ils avaient balancé leur premier coup de lingue, à l'époque où les couteaux portaient encore ce nom-là. Ils s'étaient pour ainsi dire jamais quittés. A chaque fois, l'un et l'autre s'étaient toujours épaulés. Et maintenant...

« Pourquoi que tu l'as saucissonné comme ça? » grogna-t-il au bout d'un long moment.

Le Bic écarta les bras.

« Pour pas l' garder ici, confessa-t-il. C'est pas moi qui l'ai flingué, mais quand même... J' tiens pas à ce qu'on me pose des questions.

– Où que t'as l'intention de le coller? »

Du doigt, le Raton indiqua trois poids de vingt kilos.

« A la baille! J'allais les lui attacher aux pinceaux et le balancer à la flotte.

– J' veux pas qu' tu fasses ça, gronda le Stéphanois. T'entends? Garde-le. Je reviendrai l' chercher le plus vite possible. »

Le Crouillat le zieuta un instant, haussa les épaules. Après tout...

« Entendu, dit-il. Mais tarde pas trop.

– De toute façon, soupira Tony en pointant son calibre sur les poids de vingt kilos, il serait pas resté au fond. »

Le Tronc grimaça un sourire.

« Ben merde! Avec soixante kilos aux panards? »

Tony haussa les épaules. Il n'allait pas paumer son temps à lui expliquer qu'un cadavre, pour rester immergé, doit être lesté d'une charge supérieure au poids du macchab lui-même. Combien de mecs qui se croyaient marles se sont fait couper le gadin pour ne l'avoir pas su?

« Et Ali, demanda-t-il. Aucune idée de sa planque? »

Le Raton le sonda du regard avant de répliquer :

« Parole que non. Si j' le savais, j' t'affranchirais. »

Tony eut l'impression que l'autre ne le charriait pas.

« Se sataner entre nous, poursuivit le Crouille. D'accord. Mais mettre un môme dans le bain...

— Bon, marmonna le Stéphanois en lui lançant sa saccagne. Fais comme j' te dis. Débarrasse mon pote de sa ferraille. Je tâcherai d' revenir cette nuit. Au revoir. »

Un dernier coup de saveur sur le Suédois et il ouvrit la lourde.

Qu'allait-il bonnir à Louise? Il ne savait pas trop. De toute manière, elle n'était pas en état d'apprendre la mort de son homme. Fallait attendre avant de la mettre au parfum. S'il le lui disait maintenant, elle serait capable d'avertir les perdreaux. Qui pourrait lui donner tort? Possible qu'eux, avec leurs moyens, retrouvent plus vite le gosse à Jo. Oui, mais... Et les cent vingt briques? Et puis, si les bédis s'en mêlaient, que les canards en jactent, Ali pouvait se prendre de tracsir, repasser le môme. Avec un camé, est-ce qu'on sait? Déjà c'était un vanne que la maison Poulaga n'ait pas donné signe de vie. Avec tous ces morts qui s'entassaient! Il est vrai qu'à part Mario et

Ahmed, personne pouvait savoir. Le p'tit César et le chauffeur devaient toujours sécher dans la villa de Champigny, l'aîné des Bics chez Mado, le Suédois dans la piaule de l'hôtel...

Si le représentant de chez Borniol avait appris ça... Tous ces dessoudés sans cercueil...

CHAPITRE XVIII

Le Stéphanois avait dragué toute la journanche dans Paris. Par prudence, il avait mis des formes pour se rencarder, savoir où se trouvait Ali. Il sondait en douce sans affranchir la couleur. Inutile d'alerter le Crouille. Avec les indics à l'affût, il avait agi mollo, ne tenant pas à ce que ses démarches soient rapportées à la poule. Aussi, après avoir gambergé, s'était-il abstenu de se renseigner auprès des Ratons de la Charbonne. Mais le soir, à l'heure de l'apéro, entravant qu'il n'obtiendrait rien de cette façon, il se décida à foncer. Tant pis pour ce qui arriverait. Il devait aboutir. Avec un marteau comme Ali, les heures qui s'écoulaient pouvaient coûter grisole au môme Tony. Qui sait même si le Bic ne l'avait pas...

Huit plombes venaient de sonner quand il s'enquilla dans un bar de la rue Victor-Massé. Les continentaux ne fréquentaient guère ce troquet tenu par des Corsicos. Ceux qui sont admis se comptent sur les doigts. Tony était de ceux-là. Les arcans de l'Ile de Beauté l'estimaient pour son battant, sa loyauté. Un des seuls Fransquillons avec qui ils acceptaient de se mouiller à l'occasion.

Il serra les griffes des mecs présents et, du menton, fit le serre à Antoine, le taulier, un gniard tubar comme lui et aussi teigneux.

Antoine le rejoignit au fond d'une salle où des jetons de poker luisaient, multicolores, sur un tapis.

« Qu'est-ce qu'il y a pour ton service, Tony?
— Tu connais les frères Sora?
— Oui... Un peu.
— Amis? »

La moue du Corsico s'accentua. Le Stéphanois sourit :

« J' vois c' que c'est. Alors, tu pourrais essayer d' me dépanner. »

Les carreaux du taulier passèrent à l'interrogation.

« Voilà ce qu'il en est, dit Tony. J'ai besoin d'un coup d'épaule. J'voudrais savoir où l'un d'eux est planqué... Ça presse...
— Ça peut s' tenter, déclara le Corse de sa voix métallique. Tout ce que je sais pour l'instant, c'est qu'on les voit plus dans Montmartre depuis huit jours. Et comme tout l' monde, j'ai appris dans les canards la mort d'Ahmed dans la bagnole à Mario. »

Les quinquets du Corse se firent plus perspicaces. Il ajouta :

« Mario était ton pote. Tu fléchais avec lui, j' crois... J' comprends!

– Pas seulement pour « ça » », expliqua le Stéphanois.

Le Corse attendait. Inutile de poser des questions. Tony le mettrait au coup s'il le jugeait bon. Le reste...

« Ils ont fait mieux depuis, précisa le Stéphanois. Ils ont embarqué un môme de cinq piges. »

Le flegme disparut de la frime du Corse.

« Un niston ? A qui ?
– Au Suédois.
– A Jo ? Il avait un mignard ! J'savais pas. Et tu dis qu'ils l'ont... Putain ! On peut affranchir les autres ? »

D'un battement de paupières, le Stéphanois acquiesça.

Le taulier se détrancha sur les hommes debout devant le rade. Il jaspinait en corse. Son débit de voix rapide, guttural, avait fait cesser les conversations. Quelques truands reposèrent leur glass de pastaga. Un étonnement hargneux se lisait sur leurs gueules rudes. L'un d'eux, un maigriot tout en nerfs qui, avant guerre, était monté sur un turbin avec Tony, s'approcha de ce dernier.

« Alors, gars ! lança-t-il de son accent chantant. Les Crouilles ont osé maquiller ça ? Soulever un môme ? Ça s'est jamais vu... »

Il secoua sa tronche de vieux pirate cuite et recuite sous tous les cieux du monde et répéta, écœuré :

« Non. Ça s'est jamais vu. Si t'as besoin de

moi... Comment il est sapé, ton môme? A quoi il ressemble?

— Costar marin à froc long. Petite roupane à boutons dorés. Blond comme son dabe. Le mec qui l'a embarqué, c'est Ali, le cadet des Sora. »

Le vieux Corsico écrasa sa cigarette de la pointe de sa grolle, se vagua, ramena un jeton, se dirigea vers le téléphone.

Premier coup de grelot de la soirée. Toute la sorgue, les coups de fils se succédèrent, touchant les tenanciers d'hôtels, de bals, de boîtes de nuit, de clandés. Sur leur coin de bitume les putes s'affranchissaient l'une l'autre.

La chasse à Ali battait son plein.

Après avoir quitté les Corses, le Stéphanois ne s'enroupilla pas. Il sautait d'un rade dans un autre, mettait toute la voyoucratie au parfum : les Nantais dans leurs troquets de Belleville, les Mahos dans leurs bistrots de Montparnasse, les Parigots dans leurs bouges de Saint-Ouen, de la Mouffe, de Montreuil, de la Maub, les vieux truands de la plaine des Malassis, du fin fond de Clichy, d'Argenteuil, toute la banlieue...

Tout ce chambard pouvait parvenir aux esgourdes des condés, Tony le savait. Il s'en foutait. Avec un jobard comme Ali, fallait faire vinaigre pour récupérer le môme au Suédois. Pas de temps à perdre. Si les poulets se mettaient en branle, ils iraient jusqu'au bout. Tony jouait sa liberté dans l'aventure. Est-ce que ça comptait, devant l'existence du gosse à Jo?

Dans certains bars luxueux des Champ-Elysées,

de Saint-Lazare, des Boulevards, des patrons qu'avaient traîné leurs lattes en leur jeune temps dans les ruisseaux de Paris, passaient la consigne aux entraîneuses, aux loufiats. Le tout entre deux baisemains à la clientèle féminine. Les gonzesses à perlouzes fréquentant ces taules de rupins et les caves bourrés d'artiche qui les accompagnent étaient loin de se gourer que le milieu bougeait. Jusqu'aux tenanciers arabes du faubourg Montmartre, de Saint-Michel, du Voltaire qui se mettaient dans le bain. Chouraver un gosse ? Jamais ça s'était maquillé en France. Par les truands tout au moins. Les voyous français ne bectent pas de ce pain-là. Une invention de gangsters américains. Ça n'a pas cours ici. Faut ne rien avoir dans le bureau pour s'emparer d'un môme. Ç'aurait bien épaté les bourgeois qui pionçaient dans leurs pages, la panse garnie, le cul au chaud, si on leur avait appris que tous les hors-la-loi pères de famille passaient Paris au peigne fin. Ça les aurait encore plus étonnés si on leur avait dit qu'un truand ne frappe jamais un gosse, qu'il ne s'en débarrasse jamais en l'expédiant en maison de correction, quand le gniard a grandi et mal tourné. C'te bonne blague. C'est là qu'on apprend l'A.B.C. du métier de malfrat.

Une seule fois il y a eu maldonne. Bien avant le rif. Un moufflet, assis dans un bistrot avec ses parents, des truands, avait morflé à Pigalle. Le gonze qui avait tiré, n'avait pas voulu ça, sûr. Un coup idiot, quoi ! Deux plombes plus tard, il se faisait dessouder. Ç'avait déclenché une vendetta qui, échelonnée sur plusieurs piges avait écourté la vie à une tinée de mecs.

Vers une heure du mat, le Stéphanois, crevé de fatigue, vint ranger la tire du Suédois devant chez Fredo. De partout, on l'avait réclamé. Le vieux patron avait noté les communications. Toutes étaient négatives. Mais la chasse se poursuivait. A moins d'une embellie, le Sora ne pouvait plus passer en travers. C'était pire que s'il avait eu toute la poule de France sur le cuir. Rien ne pouvait le sauver, désormais. Il avait poussé le bouchon trop loin. Allait falloir qu'il casque. Un môme, ça coûte cher...

Accoudés au comptoir, quatre, cinq hommes, des maqs pour la plupart, en étaient encore à l'apéro. Ils éclusaient leurs momis de pastis d'un geste sec du poignet. Leur dextérité soulignait leur entraînement. Ils commençaient à se tâter pour savoir dans quel restau ils iraient jaffer. Ils cherchaient un endroit « bien ». Des gourmets, les nières!

Ça rappela au Stéphanois qu'il n'avait rien mastégué de la journée. Il commanda un casse-croûte au vieux.

« Et « m'man »? dit-il. Toujours chez Louise? »

Le vieux Fredo posa un pot de moutarde sur le comptoir.

« Non. Elle est là-haut. Elle pionce.
— Comment ça?...
— Rassure-toi, garçon. Louise n'est pas seulâ-

bre. Y a une infirmière avec elle. Le toubib a trouvé que c'était mieux pour les piquouzes. »

Le Stéphanois reposa son sandwich :

« Elle va plus mal?

— Oui et non. Enfin, le toubib dit qu'elle a été drôlement secouée. Elle a surtout besoin de calme. Mais ça va se tasser. Te bile pas, « m'man » va retourner là-bas à la première heure. Elle va emmener des fringues, comme ça elle pourra rester tout le temps qu'il faudra. »

Le téléphone grelotta. Quand le vieux revint de la cabine, il expédia le duce au Stéphanois.

« Pour toi, Tony. »

Ce dernier alla prendre le cornet.

« Allô!

— Allô! Tony? répondit la voix du correspondant. Ici Paulo l'Arabe. Salut, mec! Ça gaze? Un bail qu'on s'est vus, hein! Dis donc, j'te tube parce qu'Antoine le Corse m'a indiqué où t'joindre. J'crois que j'vais avoir un tuyau pour toi. Tu vois c'que j'veux dire? »

La pogne du Stéphanois se crispa sur le cornichon d'ébonite.

« Où qu'il est?

— J'sais pas encore, reprit la voix au bout du fil. Quelqu'un est parti se rencarder. J'crois qu'c'est c'que tu cherches. Bouge pas d'chez Fredo. J'te rappellerai. D'accord?

— D'accord. Mais fais vinaigre.

— T'inquiète pas, mec. Aussitôt qu'j'le peux, j't'affranchis. A t'à l'heure. »

L'Arabe raccrocha. Tony se préparait à sortir

de la cabine quand il resta figé sur place. Quatre gonzes venaient de pousser la lourde du bar. Derrière eux, quatre autres lascars, moulin à café à la pogne, pèlerine sur les endosses, l'œil luisant sous le képi, bouchaient la sortie. Une rafle. « Vain Dieu! jura le Stéphanois. Pourvu qu'ils m'emballent pas ce soir! » Vivement, il décambuta ses flingues de ses fouilles et les planqua derrière une pile de bottins. Puis, d'une allure dégagée, il s'approcha du comptoir où il reprit son casse-graine.

Au rade, les harengs, avec un ensemble touchant, venaient de lever leurs pognes. La force de l'habitude...

« Les mains en l'air, toi aussi! » aboya un des condés, pour le Stéphanois.

Tony mordit d'abord dans son casse-croûte et, mollement, les leva au-dessus de son galure.

Le bédi qui venait de gueuler, le vagua en vitesse. Sa peluche exercée glissa le long de ses hanches.

« C'est bon, dit-il. Tes fafs? »

Tony reposa son bout de bricheton, fit frimer sa brême d'identité. Tant que c'était que ça, il s'en foutait. Il était paré de ce bord-là. Son œil accrocha un calendrier. Vendredi? Ah! il n'y avait pas songé. C'était pas grave. Le mardi et le vendredi étaient les jours de ces messieurs. Réglé comme du papelard à musique. Ces deux jours-là, la maison Poulardin faisait son numéro. Pas de quoi s'affoler.

Le perdreau retourna la carte sous tous les

angles, la renifla comme pour y sentir quelque lointaine odeur.

« Jamais été condamné? dit-il en la rendant.

– Jamais. »

Le poulet le perça du regard, puis le détaillant des pieds à la tête, grommela :

« Heu... heu... J'ai bien envie de téléphoner aux sommiers.

– Comme vous voudrez », répliqua aimablement le Stéphanois.

Même du coup de fil aux sommiers, il s'en balançait. Sa carte d'identité était balourde. Le responsable, là-bas, serait obligé de répondre : inconnu. Où ça pouvait devenir loquedu, c'est s'ils l'enchristaient et qu'ils le fassent passer au piano. Alors, là, c'était cuit. Automatiquement, ils le redresseraient et verraient qu'il avait dix piges de trique à se farcir. Les dix longes de bâton? Cadeau du président des assiettes lorsqu'il lui avait lu son sapement : « Vous êtes condamné à cinq ans de réclusion et dix ans d'interdiction de séjour. »

Le drauper haussa ses larges épaules et abandonna le Stéphanois pour se diriger vers les maqs que fouillaient ses collègues.

« Ouf! soupira Tony intérieurement. C'est pas le moment qu'ils me cravatent. Non, c'est pas le moment. »

Les harengs aussi devaient posséder des fafs qui voyaient le jour car ils se marraient. Ils sortaient de leurs lazingues un tas de papelards : Assurances sociales et tout le saint-frusquin nécessaire. Ça se passait en famille. Sauf un qui ne semblait avoir aucune couverture et dont les matons s'inquiétaient.

« Enfin, de quoi vis-tu? insistait l'un d'eux. Qu'est-ce que tu fais? »

Le truand, qu'avait dû picter trop de pastis et qu'énervait leur présence, répliqua du tac au tac :

« Le désespoir de mes parents.

— Hein? sursauta le perdreau, croyant avoir mal entendu.

— J'fais le désespoir de mes parents, reprit le voyou, qui ne les avait jamais connus.

— Ah! Ah! fit le poulet entre ses dents. On veut jouer au marle? »

Et, se tournant sur les « habillés », toujours sur le pas de la lourde :

« Embarquez-moi c'coco-là. Et au trot! »

Puis gaffant les autres arcans, il ajouta :

« Collez-moi ces oiseaux-là avec. Allez! tout le monde! »

Le vieux Fredo s'interposa entre un maton et Tony.

« Pas c'ui-là, m'sieur l'inspecteur. Il est tube. Voyez bien qu'il tient pas sur ses cannes.

— Quoi? » grinça le condé.

Tony lui fourra sous le pif un certificat médical.

Le drauper céda :

« C'est bon. Mais j'me demande ce qu'il fabrique ici, au lieu d'être au page. »

Des portières claquèrent dans la nuit. La trac-

tion de la P.J. démarra, suivie du bus du Quai des
Orfèvres. Le Stéphanois retourna dans la cabine
téléphonique récupérer ses brûle-parfum. Ce n'est
qu'à deux heures, peu avant la fermeture, que
Paulo l'Arabe le rappela.

« Ça y est, attaqua-t-il d'emblée. Celui qu' tu
cherches se trouve à l'auberge du Cheval Blanc, à
Senlis. Tu peux pas t' gourer, c'est juste derrière le
ballon.

– Le gniard est seul? »

La voix du Stéphanois avait frémi légèrement.
L'Arabe le rassura :

« Non. Le niston est avec lui. T'as qu'à y aller.
On t'attend. »

Tony sursauta :

« On m'attend?... T'es pas louf?... S'il sait que
je viens... »

L'autre, au bout du fil, étouffa un rire.

« Te fais pas d' mouron, dit-il. C'est l' patron
qui t'attend. Un de mes pays. Le vieux Ramon.
J' sais pas si tu connais. Il s'est appuyé vingt piges
de dur. Il est entré voilà trois ans. A son retour, il
s'est maqué avec une vieille gonzesse et il s'est
retiré à la camp'. Il est à moitié paralysé. Mais s'il
peut t' donner un coup d' pogne, il le fera.

– Te casse pas l' chou, fit Tony, dont les châsses brûlaient. J' me démerderai tout seul. Et merci,
Paulo. A charge de revanche.

– Salut, mec! » lança l'Arabe avant de raccrocher.

*

Deux minutes après, le Stéphanois franchissait la porte de La Villette et fonçait dans la nuit. Ses phares labouraient le parcours. Décontracté, bien adossé à la banquette, il drivait d'une pogne ferme. A ses lèvres un mégot rougeoyait. Ombres noires, les baraques défilaient à une allure vertigineuse. Une lune à peine voilée éclairait le haut des peupliers. L'air était frais. Par les volets du capot, il s'insinuait sous les jambes du futal au Stéphanois, lui glaçant les mollets. Mais le truand ne sentait plus rien. Il souriait. D'un sourire en croc qui retroussait sa lèvre supérieure. Quand il doubla La Chapelle-en-Serval, il alluma une deuxième cigarette. Elle n'était pas terminée qu'il pénétrait dans les faubourgs de Senlis. Il connaissait bien la bosse où se dressait la prison du patelin. Et comment! En leur jeune temps, lui et le Suédois s'y étaient appuyé six marquotins pour avoir tapé le bonnet à la décarrade de courtines de Chantilly. Il freina dans une ruelle. Tous ronflaient dans le patelin. Seule, une lumière filtrait au coin d'un contrevent. Tony leva la tronche sur une pancarte qui grinçait : *Hôtel du Cheval Blanc*. Celui qu'avait dégoté ce centre-là ne s'était pas surmené. Des « cheval blanc », y en avait dans tous les coins de France.

La rue était pavée comme dans l'ancien temps. Des pierres rondes et lisses qui faisaient penser à des chevauchées de mousquetaires. Sans bruit, le

Stéphanois s'approcha du contrevent. Il allongeait le bras pour gratter au volet, quand celui-ci s'entrebâilla. Vif, Tony leva sa seringue.

« Fais pas l'con! dit une voix éraillée. J'suis Ramon. »

Tony se trouva devant une vieille gueule ravinée, surmontée d'une tignasse blanche.

« Salut, dit-il. Paulo t'a rencardé?...
– Oui, souffla le vieux. Vas-y mollo. Le mec est dans une chambre, derrière. Il dort pas. Entre par la fenêtre. »

Le Stéphanois enjamba la barre d'appui et retomba dans une vaste cuisine, au sol dallé de rouge. Son prozinard coincé dans un fauteuil en osier, une nana le gaffait curieusement. Elle avait dû être gironde jadis. A présent, évidemment... Néanmoins, ses carreaux restaient choucards. Ils avaient dû lui être utiles, dans le temps, quand elle en écrasait. Elle avait dû en moudre, du clille. Ça se devinait au placard de rouge et de blanc qui lui plâtrait la poire, ainsi qu'à sa façon de frimer le Stéphanois. On aurait dit qu'elle le voyait à poil. Vieille habitude...

L'ancien locataire de Saint-Laurent-du-Maroni se laissa glisser dans un autre fauteuil en osier. Il était sec, le vieux, tanné de couenne. Ses fesses en goutte d'huile nageaient dans son grimpant de velours. Un chandail tricoté recouvrait son maigre torse. Sa pomme d'Adam, un triangle, pointait entre les pointes d'un col sans bouton. Son côté droit, de la jambe à l'épaule, était inerte. Il s'en excusa en le caressant de sa pogne valide :

« L'humidité des marigots, fils ! »

Le Stéphanois, l'esgourde tendue, le flingue à la main, hocha une tête compréhensive.

La gonzesse observait son air de loup à l'affût.

« Il est là, dit-elle. Dans une carrée qui donne sur la courette. Il est rappliqué ce matin. En bagnole.

— Sûrement une bagnole engourdie, remarqua le vieux. Parce que dans la soirée, il a démonté les plaques. Il m'a demandé si j'en avais des tocs. »

Il haussa ses épaules pointues :

« Comme si c'était encore de mon âge, ces conneries !

— Tu l'connaissais avant ? interrogea Tony.

— Oui et non. J'l'ai aperçu une fois avec son aîné... Pierre, oui, j'connais bien. On est pas intimes. Mais des potes à lui sont venus se réfugier chez moi quand ils étaient en cavale.

— J'comprends, fit le Stéphanois. Et comment avez-vous su... »

La frangine leva un bras boudiné ; ses gros nichons roulèrent sous le caraco. Au décarpillage, elle ne devait plus être jolie à mater, la vieille radeuse ! Ça paraissait crouler de partout.

« C'est une copine à moi qui m'a raconté l'histoire du gosse, dit-elle. Elle fait la noce sur le Topol. Au coin d'la rue des Lombards. Berthe, c'est son blaze. Vous voyez qui ? »

Tony contint un sourire :

« Non, j'vois pas... »

Si la dénommée Berthe était du carat de son

interlocutrice, elle devait pas être loin des cent piges. Et d'après ce que bonnissait cette dernière, sa copine turbinait encore. Merde, alors! Et la retraite des vieux?

La grosse Julie enchaîna :

« Elle m'a passé un coup de grelot pour me donner le bonjour. C'est là qu'elle m'a affranchie. Au flan. Elle m'a expliqué qu' Paulo l'Arabe lui en avait parlé. Paraît que les gonzesses ne jactent que d' ça au boulot. Ça m'a foutu un coup. J'ai tout de suite pensé au Bic radiné du matin avec le gosse. J'en ai touché deux mots à Berthe, puis j'ai raccroché. C'est après qu' Ramon a décidé d' prévenir Paulo. Voilà.

— J' vous remercie, fit Tony. C'est chouette de vot' part. Maintenant, faudrait que j' me... »

Le vieil Arbi lui coupa la parole :

« Qu'est-ce que tu vas faire? »

Le Stéphanois le frima, étonné :

« Récupérer le môme, pardi!

— Oui, bien sûr. Mais le frangin de Pierre?

— Qu'est-ce que tu crois? » murmura Tony.

De sa paluche striée de veines noueuses, l'ancien Cayennais se gratta le trognon. Il était gêné.

« Evidemment, dit-il. Evidemment.

— T'as peur pour les emmerdements? »

Le vieux caressa de nouveau ses membres inutilisables :

« Ben... à mon âge... dans mon état... Si tu pouvais l'emmener ailleurs... Même devant la lourde! Dès l'instant que ça s'passe pas chez moi. »

Une ride se creusa sous le feutre du Stéphanois.

« Ça va pas être de la tarte, dit-il. Le mec est teigneux. Il va hurler, se défendre. C'est un camé...

— J'ai remarqué ça, acquiesça la grosse femme. Il doit être fondu. Il a pas voulu que j'fasse une soupe au gosse. Juste un bout d'brignolet et du pâté qu'il a emporté dans la carrée. Le mouflet, on l'a pas revu de la journée. L'autre l'a tenu bouclé. On l'a entendu chialer longtemps, puis ça s'est tassé. Ça nous a fait gamberger, mon homme et moi. On s'demandait c'que ça voulait dire. On était loin de se gourer qu'il s'agissait d'un kidnap'-pinge... »

Tony gaffa les deux truands.

« J'vais faire d'mon mieux, dit-il. J'vous promets rien. C'est pas affuré pour moi. Mais si j'ai l'embelli, j'vous défarguerai du cadavre. Ça colle?

— Ça colle.

— Si c'est moi qui morfle, reprit Tony, promettez-moi d'avertir les poulets. »

Les deux ancêtres eurent un mouvement de répulsion mais il expliqua :

« Y a pas autre chose à faire. Vous devez sauver le gosse.

— On l'fera, soupira le vieux. Ah! si j'pouvais t'aider.

– Te bile pas... Autre chose. Combien votre baraque ? »

Les deux le zieutèrent, ahuris.

– On veut pas la fourguer, dirent-ils en chœur.

– C'est bien comme ça que j'l'entends, fit le Stéphanois. Mais dans les combien qu'ça va chercher ?

– J'sais pas trop, déclara le vieux. En c'moment, on a pas un client. Tout de même, une brique ou deux, à tout casser...

– Dix, ça vous va ? »

Les deux mappemondes à la dame sautèrent sous le caraco.

« Dix millions, vous voulez dire ?

– J'vous charrie pas, freina Tony. C'est entendu. Si j'réussis, vous les toucherez. »

La grosse le gaffa comme s'il était Jésus-Christ en personne et se leva, toute tremblante.

« Ah ! ben vrai..., balbutia-t-elle. Ah ! ben vrai...

– Montrez-moi l'chemin, dit le Stéphanois, pour la ramener sur terre.

– Oui, oui, s'empressa-t-elle. Oui, oui, suivez-moi. Faites pas de ramdam. Il pionce pas encore. Une bouteille de rhum qu'il a embarquée avant d's'enfermer dans sa piaule. Un vrai jobard, c't'oiseau-là ! »

Le vieux, dans son fauteuil, amorça un mouvement.

« Reste, dit Tony, en lui mettant la main sur

l'épaule. Tu peux pas, de toute façon. Tiens-toi peinard. Ça ira. »

Et il rejoignit la nana qui, du seuil de la cuistance, lui faisait signe de la mettre en veilleuse.

Quelques graviers crissèrent sous leurs pas. La courette était noire. Les nickels d'une tire tranchaient un peu sur l'obscurité. A droite, au rez-de-chaussée, un rai de lumière découpait une fenêtre voilée intérieurement d'un rideau épais. A proximité, se détachait le gris d'une porte.

L'ancienne radeuse l'indiqua du doigt.

« C'est là », souffla-t-elle.

Le Stéphanois se pencha à son oreille.

« Barrez-vous, dit-il. Pas la peine de récolter un pruneau. »

Il attendit que l'énorme silhouette eût disparu pour s'approcher de la fenêtre. Son regard plongea à travers la fente. Vers la gauche, il repéra une petite forme étendue sur un lit de fer. De l'autre côté, une portion de table et sur celle-ci, une main brune, crispée au goulot d'une bouteille. Au bord de la carante, près d'un Colt, s'empilaient des talbins de dix sacs. Tony se démancha le cou. Pour fifre. Impossible de bigler autre chose que cette pogne brune. Il ne pouvait pas flinguer le Bic à travers la fenêtre comme il en avait eu l'intention. Ça valait mieux, d'un sens. C'était pas officiel qu'il réussisse à le buter sur le coup. Et dans ce cas-là, l'autre pouvait avoir un moche réflexe, tirer sur le moujingue...

Non, il fallait s'entifler dans la piaule, prendre plus de risques, parer à tout.

Son ombre, à peine visible, se déplaça sur le mur, atteignit la lourde grise. Il avança une louche prudente vers un bouton de faïence, dont le blanc luisait. Retenant sa respiration, il le tourna lentement, très lentement. Ça gazait. Ali, rassuré par la courette, n'avait pas lourdé à clef. Peut-être aussi que la serrure en manquait, comme par hasard.

*

Un filet de rhum dégoulina des lèvres du Raton. D'un revers de manche, il s'essuya. Il avait trop tafiaté. Ça lui tiraillait les nerfs, ça le rendait malade. Sans compter le défaut de came... D'un œil amorphe, il gaffa les piles de talbins, reprit la bouteille de rhum et but au goulot. Il éclusa une large lampée, après quoi il rota à deux, trois triages. Ça le fit ricaner. Ses yeux se portèrent sur le lit-cage où dormait, recroquevillé, le lardon au Suédois. Son ricanement se figea sur ses lèvres minces. Quel besoin avait-il eu de s'embarrasser du môme ? Fallait qu'il soit cinglé. Pourquoi s'en être fargué ? Pour posséder un otage ? Pour avoir barre sur son aîné et sur le Stéphanois ? Pour traiter avec les matons en cas de suif ? Un peu tout ça. Mais en gambergeant bien, est-ce que ça freinerait les uns et les autres ? Foutre non. Tous allaient se coller sur son cuir. Avec ce môme à la remorque, il était drôlement retapissable... Retapissable ? Tiens !... Et si...

Il lâcha la bouteille, ses carreaux brillèrent. Il pointa deux doigts vers le plumard, fit le simulacre d'appuyer sur une détente. Pardi. C'était de la nougatine. La nuit prochaine, il emmènerait le môme. Un rire muet le secoua doucement.

Et soudain il se raidit comme un fauve dérangé dans son repaire. Ses narines palpitèrent. Ses ratiches, prêtes à mordre, luirent dans sa face bronzée. Son ouïe, développée comme celle de ses pareils, venait de l'affranchir d'une présence. Il ne frimait pas du côté de la porte, mais il sut qu'on en tournait le bouton. Ses sens de camé ne pouvaient le bidonner. Un air frais vint lui caresser les joues. Il plongea sur la carante vers son flingue, se retourna, tira au jugé. La détonation roula dans la carrée, puis dehors par la porte ouverte, et alla se paumer dans la noïe. Sa bastos, par un coup de vase inouï, avait troué la main du Stéphanois.

Le calibre de ce dernier, comme soufflé, lui sauta de la pogne.

« Bordel de Dieu! » jura-t-il.

Il était déjà à plat ventre et cherchait, de sa pogne gauche, à décarrer son deuxième boukala.

Un cri perçant... Le gosse à Jo, à genoux sur son pucier, les carreaux dilatés par la peur, se mit à hurler. Ses cris sauvèrent la mise au Stéphanois. Un pruneau lui laboura l'épaule, un second siffla à son oreille. Les nerfs secoués par le hurlement, le Bic, malgré lui, avait dévié d'un chouïa. Les châsses hors de la tête, la gueule convulsée, il rectifia son tir. Frénétiquement, il appuya sur son engin. Que dalle. Le percuteur claqua à blanc. Le tromblon était proprement enrayé. De tout son renaud, Ali le balança sur le Stéphanois et, d'une détente folle, plongea vers la paluche glissée dans le pardessus d'où allait jaillir sa propre mort. Tony, dans sa chute, n'avait pu défourailler assez vite. Il balança la purée à travers sa glaude : l'odeur du tissu brûlé monta à leurs narines. Le Crouille avait dégusté. Pas suffisamment. Il s'abattit sur Tony. Ce dernier voulait décambuter son arme pour achever l'autre avec ce qui lui restait de bastos. Impossible. Des crocs se plantèrent dans son poignet. Une main brune, sèche et dure se noua à sa gorge. Son bada roula sur le carreau. Pour dégager son bras valide, il tira dessus sauvagement, mais Ali ne lâcha pas prise. Sa mâchoire accompagna le mouvement. Le calibre du Stéphanois, lui échappant des doigts, retomba au fond de sa fouille.

« Bordel de Dieu! » jura-t-il de nouveau d'une voix plus faible.

L'asphyxie le gagnait insensiblement. L'air ne pénétrait presque plus dans ses poumons mités. Il sentit qu'il allait tomber dans le sirop. Fallait tenir... Fallait tenir...

« Tonton Tony! » hurla le gosse, pris de convulsions.

De la sueur inonda la frime du Stéphanois. D'un coup de reins violent, d'un arrachement de l'épaule, il libéra son poignet de la mâchoire du Bic. Il détendit ses deux bras et sa pogne mordue, celle trouée par la balle, se soudèrent à la gargane du Raton. Ses ongles s'incrustèrent dans une chair qui lui parut douce au toucher comme celle d'une gonzesse.

Le Bic, lui aussi, porta vivement son autre main à la gorge du Stéphanois. Ils s'étranglaient tous les deux maintenant, front contre front. Leurs souffles saccadés se heurtaient. Leurs regards, où luisait une jouissance de meurtre, semblaient rivés l'un à l'autre. C'est la bouille d'Ali qui vira la première au violet. Il desserra son étreinte. Tony, au contraire, donna tout ce qu'il avait dans le ventre. Sous ces longs doigts pâles, il sentit craquer des cartilages. Les yeux du Crouillat commencèrent à se vitrer. Un de ses bras glissa le long de son corps. Sa main allait cascader sur le ciment, quand elle se crispa sur un manche qui dépassait d'une poche. Les muscles d'Ali retrouvèrent un peu de vigueur. En un sursaut d'agonie, il enfonça l'arme dans le baquet de son ennemi, le couteau triangulaire qui avait appartenu au Suédois. Le voyou sentit l'acier le fouailler au ventre. Il serra les dents, serra les mains, comme un dingue. Un gargouillis se traça de la bouche du Bic. Son trognon roula sur l'épaule du Stéphanois. Celui-ci rengracia à son tour. Ses bras retombèrent inertes. Quatre, cinq minutes, il resta là étendu sans remuer, puis, d'une poussée molle, il se dégagea du poids du jeune Sora.

« Mon Dieu! » gémit une voix sur le pas de la porte.

Tony se détrancha sur la lamfé à Ramon.

« Aidez-moi à m'lever, dit-il. Et apportez-moi des pansements, d'quoi m'désinfecter. »

Elle obéit, l'assit sur une chaise.

Quand elle ralégea, il n'avait pas bougé. Il se contentait de sourire au môme Tony. Ses cheveux étaient plaqués par la sueur qui descendait de son front, à grosses gouttes. D'un geste rude, sans hésiter, il tira sur la saccagne. Un flot de raisin lui poissa la main. Vivement, en tampon, il plaqua deux serviettes sur sa blessure.

Les quinquets de la vieille tapineuse allaient et venaient de son visage au tas de pognon. Elle ne savait plus trop quoi admirer : l'impressionnant packson de fafiots ou le courage du mec.

« Une pipe! » dit-il.

Elle en alluma une, la lui piqua entre les lèvres.

« Resapez le gosse, reprit-il sans remercier. Je l'emmène.

– Hein? Dans votre état? »

Il prit deux autres serviettes.

« Faites ce que j'vous dis », soupira-t-il.

Il attendit un peu avant d'écarter les serviettes. Il grimaça en voyant que le sang pissait toujours. Il avait morflé, salement. Inutile de s'attendrir, ni de laver la plaie.

« Vous allez m'enrouler cette bande Velpeau autour de la taille, dit-il. Donnez-moi un coup d'pogne pour ôter mes harnais. »

Cela fait, il s'empara d'un paquet de serviettes et, sans les déplier, se les colla sur le bureau. La bonne femme les lui maintint solidement avec la bande Velpeau et l'aida à remettre son veston.

« Ça ira », dit-il, allongeant la pogne vers la bouteille de rhum qui, par miracle, n'avait pas culbuté dans la bagarre.

Elle avança le bras pour l'empêcher de picter :

« Non... »

Il haussa les épaules, éclusa un bon coup.

Ils avaient tous les deux participé à suffisamment de tueries, assez roulé leur bosse, pour savoir qu'un blessé au ventre ne doit jamais boire.

Une fois refringué, le petit Tonio, calmé par la présence de son parrain, s'approcha, confiant. Il entravait pas trop : une chose était sûre, c'est que l'ami de son père était là.

« On s'en va, tonton Tony ? » murmura-t-il.

Le Stéphanois lui passa une main dans les cheveux et s'efforça de le rassurer :

« On s'en va, fiston. T'inquiète pas. Personne ne t' fera plus mal. »

Il nota les traits tirés du gosse, ses yeux encore blancs d'effroi et ajouta :

« Jamais plus, fiston. On va rentrer à la maison. »

Tous trois tournèrent le trognon vers la courette d'où parvenait un raclement de gravier. Apeuré, le môme se nicha dans le bras du Stéphanois. Le raclement s'amplifia : Ramon s'encadra dans la lourde, ses béquilles sous les bras. D'un coup de châsses connaisseur, il jugea la situation.

« T'as dégusté dur? demanda-t-il en gaffant le ventre du survivant.

– J'le crois, répondit Tony. En tout cas, faut qu'je m'trisse. »

Le vieil Arbi, la frime sidérée, le regarda de travers :

« T'es pas louf? Amoché comme t'es. Reste ici quelque temps. On va affranchir un toubib. Tu peux pas t'natchaver comme ça.

– Si, dit le Stéphanois. Il le faut. »

Une grimace lui tordit la bouche quand il se leva.

« Ça gazera, dit-il, refusant de la pogne l'aide que se préparait à lui porter la grosse femme. Passez-moi la valdingue qu'est par terre. »

Elle se baissa en geignant et plaça la valise devant lui. Tony souleva le couvercle. La nana écarquillait des châsses. Y avait encore plus d'artiche là-dedans que sur la table.

« Ben merde! lança-t-elle extasiée.

– Combien de paquets sur la carante? » lui demanda Tony.

Elle compta.

« Huit », répondit-elle.

Il se pencha péniblement, vérifia et, décarrant deux autres packsons de la valise, il les lui jeta. De sa pogne blessée, quelques gouttes de raisin allèrent éclabousser les biftons.

« Voilà vos dix briques », dit-il.

Et se détranchant sur Ramon.

« J'vous remercie tous les deux. Vous avez été réguls.

– Va pas te croire obligé de nous refiler tout ça! toussota le vieux.

– Les comptes sont les comptes. »

Et Tony ajouta en revenant à la grosse femme :

« Voulez-vous m'porter cette valise dans ma bagnole qu'est dehors? »

Puis il prit la main de son filleul et suivit la vieille. En passant devant Ramon il s'excusa, désigna du menton Ali, étendu les bras en croix au milieu de la pièce :

« J'pourrai pas t'l'embarquer, dit-il. Pas la force.

– Te fais pas de mouron, l'interrompit le vieux bagnard. Ma femme s'en démerdera. Elle le camouflera dans un coin où on le retrouvera jamais. »

Du regard, Tony accrocha les nickels de la tire :

« Qu'est-ce que tu vas foutre de la chiotte?

– On la démontera, pour la fourguer plus tard, à la casse.

– C'est l'mieux, opina Tony. Allez, adieu! »

*

Pendant qu'il conduisait, les ratiches du Stéphanois mordirent dans sa lèvre inférieure. La sueur lui glaçait les endosses. Une douleur lancinante lui tordait les reins. Ce qui lui restait d'énergie tendait vers un seul but : le gourbi du Suédois.

Dans le fond de la charrette, le gosse roulé en

boule, roupillait sur la banquette. Le pardingue du truand le protégeait du froid. Vers le milieu du trajet, le pote à Jo sentit que son pansement glissait de ses hanches maigres. Quelque chose de tiède, de gluant, coula dans son slip, inonda ses cuisses. La souffrance était duraille à encaisser. Il faillit tomber dans les pommes. Il baissa la vitre. L'air mouillé de la nuit le ranima. Sans lâcher le bout de bois, il déboutonna son rider. Après, il s'attaqua au froc avec précaution. Aussitôt, un truc répugnant roula sous sa paume. Quelque chose comme du mou de veau. Il osa plus retirer sa main. Une odeur affreuse, de sang et d'excréments, lui monta au tarin. Ses tabourets s'incrustèrent plus profondément dans sa lèvre. Petit à petit, ses boyaux gagnaient du terrain. Ils s'infiltraient entre ses doigts serrés, les écartaient. Tony ne pouvait plus les contenir... comme s'il avait voulu serrer une anguille. Brusquement, ils se répandirent sur ses genoux. A travers le tissu de son grimpant, il en sentit la chaleur. Sa peau se hérissa. Pour empêcher que son baquet se vide complètement, il fourra son poing dans la blessure, d'un seul coup. On lui aurait jacté qu'il n'aurait pu en bonnir une : ses dents avaient transpercé sa lèvre du bas. Le raisin lui noyait la gorge.

La banlieue, Paris, le cauchemar, les rues, les fantômes...

Quand la turne au Suédois fut à portée de roues, il ôta son pied de l'accélérateur et, d'un ultime réflexe, rangea la bagnole le long du trottoir.

C'est une demi-plombe après que deux hirondelles en cours de ronde découvrirent la voiture. Le gosse dormait toujours. Tony le tubar était couché sur le volant. Ses bras avaient glissé sur la banquette. Ses tripes formaient un tablier sanguinolent sur son falzar.

NOTE

Aucune compartimentation dans la langue verte.
En liberté ou en prison, les voyous ne s'expriment que d'une seule façon : en argot.
Le manouche et le romani : descendance d'Allemagne, de Pologne et de Hongrie, entrent actuellement dans l'argot.
Ne pas confondre avec le pur gitan (descendance maure), l'un des langages les plus secrets (voir glossaire).
Le louchebem (argot de boucher) est depuis longtemps banal dans le milieu.

ESPÈCES MONÉTAIRES

Aujourd'hui L'ARGENT, c'est : le pognon, l'oseille, l'osier, les boules, l'aspine, l'artiche, le grisbi (avant de disparaître vers 1927-1928, se prononçait graisbi, revenu pendant l'Occupation), le fric, le flouze, le pèze, le carbure, la fraîche.
MILLE FRANCS : un sac, un lacsé, un raide, un barda, cinquante cigues.
MILLION : une brique, une unité, un soleil (périmé).
L'OR : le jonc, la joncaille.

Sur les forts, il y a de cela une soixantaine d'années, à l'époque des derniers rôdeurs dont j'étais en pantalon à pattes et casquette à carreaux, la monnaie dans les parties de passe se désignait ainsi :

« Un bourgue » (1 sou), « un lincsé » (25 cent.), « un lidré » (50 cent.), « un linve ou linvé » (1 franc), « un laranque ou quarantième »

(2 francs), « une thune, thunard ou bougie » (5 francs), « un cigue ou coquelicot » (20 francs), « une demi-jambe, demi-jetée, demi-pile ou demi-livre » (billet de 50 francs), « une livre, une pile » (billet de 100 francs).

Quelques exemples soulignant la différence du manouche et du gitan :

	MANOUCHE	GITAN
Argent :	Lové	Callèri
Gendarmes, flics :	Bédis	Prastignis
Femmes :	Gadji	Roummi
Hommes :	Gadjo	Rom
Manger :	Criave	Cala
Or :	Souracaïl	Souracaïl
Prison :	Ch' tar. Chitilibem	Stariben
Trésor, bourse :	Ganot	Cartèri
Tuer :	Marave	Marate

GLOSSAIRE D'ARGOT

A

ADJAS (mettre les) : s'en aller, fuir.
AFFALER (s') : se dit d'une personne en état d'arrestation qui dénonce ses complices. De toute façon, trahir un secret.
AFFURE : bénéfice. AFFURER : gagner.
ALLONGER (s') : même sens qu'affaler.
ALPAGUE : veston.
ALPAGUER (se faire) : être arrêté par un adversaire policier ou autre.
ARACAIL : curé (gitan).
ARCAN : signifie dans l'ensemble n'importe quel genre de truand, etc.
ARTICHE : argent.
ASPINE : argent.
ASSIETTES (les) : les Assises.
ATTRIQUER : acheter.
AUTICHER : exciter quelqu'un.
S'AUTICHER : s'éprendre.
AVALER (l') : mourir.

B

BADA : chapeau. PORTER LE BADA : se dit d'un truand soupçonné de donner des renseignements à la police.

BALANCER OU BALANSTIQUER : jeter, ou encore : délation.
BALESTE : individu puissant, de forte carrure.
BALLADE : poche.
BALLON : prison. Se dit aussi d'une femme enceinte.
BALOURD : faux.
BAQUET (le) : le ventre.
BARAQUE (ne pas faire souvent) : se dit d'une personne qui accapare la conversation.
BARDA (un) : mille francs.
BASCULE A CHARLOT : guillotine.
BASTOS : balle (projectile).
BATTANT : cœur. Avoir du battant : être courageux. Passer pour un battant : être jugé dangereux dans une rixe.
BATTRE A NORT : nier une chose que l'on sait être vraie.
BAVEUX : savon, journal. Se dit aussi d'un bavard.
BEDIS : gendarmes, ou policiers en manouche.
BELLE : (mener en) : conduire quelqu'un dans un traquenard.
BERLUES (se faire des) : se faire des illusions.
BIDON (du) : de la blague. Tout ce qui est faux.
BIDONNER QUELQU'UN : l'induire en erreur.
BITOS : chapeau.
BLANC (raide à) : démuni d'argent.
BLAZL (le) : le nom.
BLOT (le) : le prix.
BONNIR (le) : le dire.
BORGNIO (le) : la nuit.
BOUGIE : cinq francs.
BOUKALA : revolver.
BOULES (rentrer dans ses) : rentrer dans son argent.
BOURRU : (être) pris.
BOUTANCHE : bouteille.
BRADILLON : bras.
BRANQUE (un) : un cave, un imbécile.
BRAQUAGE (un) : un hold-up.
BRAQUER : mettre en joue.
BURELINGUE (le) : le bureau. Les deux expressions veulent dire aussi : le ventre.

C

CACHE : pour « cash » (espèces).
CAMBUT (faire un) : Ex. : présenter d'authentiques pièces d'or à un acheteur et profiter de son inattention pour les remplacer par des fausses.
CAMBUTER : changer.
CANGLI : église (gitan).
CANNES : jambes.
CANNER : mourir.
CARANTE : table. Se mettre en carante : se fâcher.
CARAT (le) : l'âge.
CARMER : payer, régler.
CAROUBLE (un ou une) : une clef.
CAROUBLEUR : qui frappe fort dans une bagarre.
CARRE : équivalent en argent de la valeur des jetons utilisés dans une partie de poker.
CARREUR : celui qui tient la carre.
CASCADER : tomber. Un tel va cascader, va payer cher sa condamnation.
CASSER (se) : s'en aller, parfois en courant.
CASUEL : hôtel de passe.
CAVALE (être en cavale) : en général se dissimuler aux recherches policières.
CAVALERIE (envoyer la) : changer de dés au cours d'une partie de passe (pipés le plus souvent). De la grosse cavalerie : désigne une nourriture plus abondante que relevée.
CAVE : individu qui n'appartient pas au milieu.
CAVÉ (être) : être induit en erreur au détriment de sa bourse.
CAVER : escroquer, léser.
CENTRE (le) : le nom. Un faux centre : un faux nom.
CHABLER : rentrer dedans.
CHALEURS (avoir les) : avoir peur.
CHANSTIQUE, CHANSTIQUER : changer.
CHARGER (aller se) : aller chercher une arme.
CHIFTIR : chiffon ou chiffonnier.

CHNOUF OU SCHNOUF : cocaïne mais principalement l'héroïne.
CHNOUFER (se) : se droguer.
CHOURAVER : voler.
CH'TAR : prison.
CIGLER : payer, régler.
CLANDÉ : tout lieu clandestin.
CLASS' (en avoir) : en avoir assez, marre.
CLILLE : client.
CLOCHER : entendre.
CONDÉ : policier. AVOIR DU CONDÉ : être autorisé à se livrer à une occupation un peu illégale.
COURTILLE : court.
COURTINES : courses hippiques.
COUVERT (remettre le) : recommencer.
CRAYON (obtenir du) : obtenir du crédit.
CRAYONS : cheveux.
CRI (faire du) : faire du scandale, ou du chantage, le plus souvent de mauvaise foi.
CROUILLAT : natif nord-africain. Se dit aussi : CROUILLE.
CROUM (du) : du crédit.
CUSCO (salle) : salle réservée à l'Hôtel-Dieu, aux voyous hospitalisés sous surveillance de la police.

D

DECAMBUTER : sortir de.
DECARPILLAGE : déshabillage.
DECARRADE : sortie. DECARRER : sortir.
DEFARGUER (se) : se décharger de quelque chose. En général d'un objet compromettant.
DEFOURAILLER : sortir une arme. DEFOURAILLER DEDANS : tirer.
DEGAUCHIR : trouver.
DEGOURÉ : dégoûté, écœuré, découragé.
DERONDIR (se) : se dessoûler.
DEROULER : traîner, flâner à droite et à gauche, le plus souvent, de bar en bar, de boîte de nuit en boîte de nuit.
DESSOUDER (la) : mourir. DESSOUDER QUELQU'UN : le tuer.

Detrancher (se) : se détourner, tourner la tête.
Dine (la) : le repas, le casse-croûte ou la nourriture.
Dingue (une) : une pince-monseigneur. Se dit aussi : une plume.
Donner (se la) : se méfier.
Doublard : deuxième femme d'un souteneur.
Double (être) : être lésé, être induit en erreur.
Douiller : payer.
Douze (faire un) : commettre une bévue. Expression qui vient de la passe anglaise : lorsqu'on amène le double-six d'entrée, on perd le montant de ses enjeux.
Draguer : rôder, rechercher quelqu'un, souvent pour lui nuire. [Avec le temps le mot a pris une autre signification : celle de chercher à séduire une femme, un homme. *(Note de 1992.)*]
Drauper : envers de perdreau : policier.
Droper : marcher vite, faire vite.
Driver : conduire.
Duce (balancer le) : prévenir quelqu'un, généralement à l'insu des autres. Faire signe discrètement.
Durs (les) : les travaux forcés.

E

Ecraser (le coup) : passer l'éponge.
Embellie (profiter de l') : profiter des circonstances.
Embellie (avoir une) : avoir un coup de chance.
Emboucané (être) : être ennuyé.
Emplatrer : frapper. Veut dire aussi : dérober, voler.
Enchriste (être) : être arrêté.
Enchtiber (se faire) : se faire arrêter.
Encroume : endetté.
Enfourailler (s') : s'armer.
Engourdir : rafler de la main, voler.
Enquiller (s') : se glisser dans un endroit, pénétrer, entrer.
Entifler (s') : identique à enquiller.
Envapé (être) : ne pas se trouver dans son état naturel par suite d'abus quelconques ou d'ennuis. On dit aussi : avoir la tête dans le sac.
Epée (être une) : être un caïd dans son genre.

Éponges : poumons.
Éponges mitées : poumons malades.
Éponger (se faire) : se soulager avec une femme.
Esgourder : écouter.
Etouffer (le coup) : cesser les poursuites, passer l'éponge.

F

Fade : part d'une opération quelconque.
Fadé (être) : se dit d'un homme qui vient de récolter une sévère condamnation.
Fafiots : billets de banque.
Fafs : papiers d'identité.
Farci (être) : être trompé.
Farguer (se) : se charger.
Faubourg (le) : le postérieur féminin. Lancé par l'auteur en 1937 dans un bal-musette. Toujours en usage.
Fifre : rien.
Fion : postérieur féminin. Avoir du fion : avoir de la chance.
Flambe (le) : le jeu. Un flambeur : un joueur.
Flan (au) : au hasard. Faire du flan : mentir.
Flèche (sans un) : sans un sou.
Flècher (se) : s'équiper.
Fleur (faire une) : accorder un avantage financier ou autre.
Flingue : revolver.
Flinguer, Flingoter : tirer ou encore : dérober, voler.
Flubes (avoir les) : avoir peur.
Fouille : poche.
Fourrer : action de prendre une femme.
Frime : visage, allure.
Frimer : regarder.
Frite : visage, physionomie.
Fumée (balancer la) : tirer. Egalement, signification érotique.
Futal : pantalon.

G

GADIN (y aller du) : risquer sa tête aux assises.
GALOUP (faire un) : commettre une incorrection.
GAMBERGER : réfléchir.
GARGANE : gorge.
GLAUDE (la) : la poche.
GLISSER (la) : mourir.
GNIARD. GNIASSE. NIERE : tout individu.
GODER : éprouver l'envie de faire l'amour. Valable pour les deux sexes.
GORGEON : boisson.
GOUALÉ (faire du) : voir : faire du cri.
GOURDIN (avoir du) : se dit du membre viril en érection.
GRATTER (se) : hésiter, se gêner.
GRAS : bénéfice.
GRELOT (passer un coup de grelot) : téléphoner.
GRIFFE : main.
GRIFFER : voler.
GRISBI : argent.
GRISOLLE : cher.
GROLLES : chaussures, AVOIR LES GROLLES : avoir peur.
GUINDAL : verre.

H

HARENG : souteneur.
HARNAIS : vêtement.
HOTU : homme ou femme de peu de valeur, peu considérés.

J

JAFFE (la) : jadis la soupe. A présent toute nourriture.
JAFFER : manger.
JAVA (emmener en) : emmener en fête. Signifie également : emmener une personne qu'on se propose de maltraiter.
JONGLER : ne pas toucher son dû.

Jour (ne pas voir le) : tout ce qui, étant de provenance délictueuse, ne peut être exhibé sans risques.

L

Lafs : anciennes fortifications.
Lamdé : dame.
Lamfé : femme.
Latte : chaussure. Marcher à côté de ses lattes : être sans argent.
Latter (quelqu'un) : emprunter.
Laubé : beau.
Lauchem (il fait) : il fait chaud.
Lavedu : tout individu qui n'est pas du milieu. Synonyme de cave.
Lazingue : portefeuille.
Ligoter : lire.
Linger (se) : se vêtir.
Lloumi : putain (gitan).
Loilpé (à) : un, à poil.
Longe (une) : une année.
Loquedu (c'est) : c'est moche. Egalement synonyme de cave.
Loquer (se) : s'habiller.
Loubé (un) : un peu.
Lourder : fermer une porte. Delourder : l'ouvrir.
Lové : argent (manouche).

M

Malfrat : jadis, individu peu recommandable. Actuellement, l'ensemble des truands.
Manche (la) : quête parmi les voyous pour assister un des leurs (payer son avocat, envoyer des colis, ou assumer les frais de son enterrement). Avant guerre, la manche ou Tinche, servait également à subvenir aux besoins d'un maq abandonné par sa femme, jusqu'au jour où il trouvait à se « remarier ».

MANDALE : gifle.
MAQ : souteneur.
MAQUER (se) : se mettre ensemble.
MAQUILLER : faire.
MARAVER : tuer (manouche).
MARDER : regarder, frimer.
MARQUE (un) : un mois.
MARQUOTIN (un) : un mois.
MASTEGUER : manger.
MAT (une plombe du) : une heure du matin. Prendre un jeton de mat : regarder un tableau érotique.
MATER : regarder.
MATON : détenu chargé de surveiller ses camarades en centrale. Egalement : policier.
MISTO (c'est) : c'est bon; c'est bien (manouche).
MITAN : milieu, pègre.
MITARD : cachot disciplinaire.
MITER : pleurer.
MORFLER : encaisser un mauvais coup, une condamnation, etc.
MORNIFLE : monnaie. Aussi : gifle.
MOTTE (la) : la moitié.
MOUDRE (en) : se dit d'une femme qui vit de ses charmes.
MOUFLET : enfant.
MOULER (en) : se dit d'une femme qui se prostitue.

N

NANA : femme d'un maq. Tend à se généraliser à toutes les femmes.
NATCHAVER : s'en aller (manouche).
NAVALER : partir (manouche).
NIÇOIS (être) : au jeu, principalement au poker, jouer toujours avec la première carte.
NISTON (être) : de même qu'être NIÇOIS. Du nom d'un des plus grands joueurs de poker. Avec mes excuses, NISTON ! Signifie également : enfant (comme dans le Midi).
NOCE (faire la) : s'applique à une femme qui vit de ses charmes.

Noix : fesses.
NOUGATINE (de la) : ce qui est facile à réaliser.

P

PALUCHE : main.
PAPIER (avoir un bon) : posséder une bonne réputation.
PARFUM (mettre au) : renseigner.
PASTAGUA : pastis.
PASTIQUETTE (faire une) : monter avec une prostituée. Chambre de pastiquette : chambre de passe.
PATIN (rouler un) : baiser lingual. Prendre les patins : assister un ami dans une discussion, une bagarre.
PERQUISE : perquisition.
PINCEAUX : pieds. Se laver les pinceaux, les pieds, les panards : subir une sévère condamnation. Le terme date de l'époque où les truands traversaient la mer pour être conduits à Cayenne.
PLACARD (le) : la prison.
PLACARDE (une) : une place.
POINTER : signification érotique.
POIVRER (se) : se soûler.
POLKA : femme d'un truand. Tend à se généraliser à toutes les femmes.
POTAGE (être dans le) : ne pas savoir où l'on en est.
POULAGA (la maison) : la police. Un poulaga : un policier.
POULARDIN : voir POULAGA.
POUSKÉ : pistolet (gitan).
PRE (de) : de première qualité.
PROFONDE : poche.
PROZE, PROZINARD : postérieur.
PURÉE (balancer la) : jouir, tirer.

Q

QUATRE-VINGT-DIX : une punition de trois mois de cellule, infligée à un détenu au cours de sa peine : demi-boule de pain avec une soupe tous les trois jours.

Quès (du) : identique, la même chose.
Quiller : tricher. Etre quillé : être lésé.
Quimper : tomber.

R

Rad ou Rade : comptoir.
Raide : billet de mille.
Raisin ou Raisiné : sang.
Raléger : revenir, arriver.
Rallonge : couteau.
Rallonger : donner des coups de couteau.
Rapière : couteau.
Ratiches : dents. Jadis : couteau.
Raton : indigène nord-africain.
Rébecca (faire du) : rouspéter, scandaliser.
Redresser : reconnaître.
Relarguer : relâcher.
Rembour : rendez-vous.
Rencard : renseignements.
Rencart : rendez-vous.
Rengracier : se montrer moins intransigeant. Demander à une personne de rengracier : lui demander de se taire.
Renquiller : rentrer en.
Repasser : tuer. Signifie aussi escroquer quelqu'un.
Retapisser : reconnaître.
Retapissage (passer au) : étant arrêté, être mélangé au milieu d'inspecteurs pour que les victimes ou témoins d'un acte de banditisme puissent désigner le coupable.
Rider, Ridere : costume.
Rif (de rif) : d'autorité. Chercher du rif, du rififi, ou rifler : chercher la bagarre.
Riper : se sauver rapidement.
Roberts : seins.
Rouille : bouteille. En particulier bouteille de champagne.
Rouler : bavarder.
Roupane : en principe : robe. Se dit aussi pour désigner d'autres vêtements.

S

SABOULER (se) : se vêtir.
SACCAGNE : couteau.
SAPER (se) : s'habiller.
SAPEMENT : condamnation.
SATANER : frapper méchamment.
SAURÉ : souteneur. Patois picard pour hareng saur.
SAVEUR (coup de) : coup d'œil. Jadis on disait : sabord.
SERBILLON (faire le) : faire signe, signaler.
SIROP (être dans le) : voir ENVAPE.
SORGUE : nuit.
STRASSE : chambre.
SUIF (chercher du suif) : chercher querelle.

T

TABOURETS : dents.
TAFIATER : boire beaucoup, terme maritime.
TAFFE (un) : une part dans le partage d'un butin. Avoir le taffe : avoir peur.
TAPIS : lieux de boissons, restaurants, etc.
TARDERIE (une) : personne laide. S'applique également au moral.
TARGETTE : chaussure.
TARTIR (se faire) : s'ennuyer.
TASSES (aller aux) : se rendre aux W.-C., aux lavabos.
TINCHE : voir MANCHE.
TIRE : automobile.
TIREUR : voleur à la tire. Se dit aussi : machinette.
TOCS (marcher sous des) : circuler avec des faux papiers. Manquer de toc : ne pas oser.
TORTORER : manger.
TOUTIM (le) : l'ensemble.
TRACSIR (le) : la peur.
TRANCHE (en) : en tête.
TRIAGES (plusieurs) : plusieurs fois.

TRICARD : interdit de séjour.
TRONC : Nord-Africain.
TRONCHE (une) : un cave. La tronche : la figure.
TROGNON (y aller du) : risquer sa tête.
TUBAR : tuberculeux. Se dit aussi : tube.
TUBER : téléphoner.

V

VAGUE : poche.
VAGUER : fouiller.
VALISE (faire la) : quitter définitivement son conjoint en profitant de son absence.
VALSEUR : postérieur féminin. [Lancé par l'auteur en 1936-1937 au Bal du Petit Jardin de l'avenue de Clichy. *(Note de 1992.)*]
VANNE (balancer une) : envoyer un boniment, comique ou non. Etre vanné : réussir par un coup de chance. Egalement : être fatigué.
VASE (la) : la pluie. Avoir du vase : avoir de la chance.
VELOURS (du) : du bénéfice.

Z

ZONE (être de la) : ne pas savoir où coucher. Aller se zoner : rentrer chez soi : se coucher.

DU MÊME AUTEUR

Aux Éditions Gallimard

DU RIFIFI CHEZ LES HOMMES. *Porté à l'écran.*
RAZZIA SUR LA CHNOUF. *Porté à l'écran.*
LE ROUGE EST MIS. *Porté à l'écran.*

Chez d'autres éditeurs

LES JEUNES VOYOUS.
LES HAUTS MURS.
LA LOI DES RUES. *Porté à l'écran.*
LES TRICARDS.
RAFLES SUR LA VILLE. *Porté à l'écran.*
LES RACKETTEURS.
PRIEZ POUR NOUS.
LES MAQ'S.
DU RIFIFI CHEZ LES FEMMES. *Porté à l'écran.*
DU RIFIFI À PANAME. *Porté à l'écran.*
DU RIFIFI À NEW YORK.
DU RIFIFI AU PROCHE-ORIENT (Le pain et le sel).
DU RIFIFI À BARCELONE.
DU RIFIFI DERRIÈRE LE RIDEAU DE FER (Le Soleil de Prague).
DU RIFIFI AU BRÉSIL (Brigade de la Mort).
DU RIFIFI À HONG-KONG (Les triades).
DU RIFIFI AU CAMBODGE.
DU RIFIFI AU MEXIQUE.
DU RIFIFI EN ARGENTINE (Où souffle le Pampero).
DU RIFIFI AU CANADA (Le Bouncer).

SÉRIE LES ANTI-GANGS (36 volumes).
BRIGADE ANTI-GANGS. *Porté à l'écran.*
LE CLAN DES SICILIENS. *Porté à l'écran.*
DU VENT *(Poèmes).*
LANGUE VERTE ET NOIRS DESSINS *(dictionnaire).*
ROUGES ÉTAIENT LES ÉMERAUDES.
TUEUR À LA LUNE.
L'ARGOT CHEZ LES VRAIS DE VRAIS *(dictionnaire).*
ARGOTEZ, ARGOTEZ... *(dictionnaire).*
MALFRATS AND CO *(biographie).*
LES PÉGRIOTS *(fresque vécue).*
LA MÔME PIAF.
FORTIFS *(biographie).*
MONSIEUR RIFIFI (Vie d'un schnauzer).
2 SOUS D'AMOUR (Biographie sous l'occupation).
ILS ONT DANSÉ LE RIFIFI (Mémoires).
DU REBECCA CHEZ LES ARISTOS.

À paraître

MONSIEUR CRABE, MES DOCTEURS ET MES GUÉRISSEURS *(Biographie d'une lutte contre un cancer de la gorge).*

Impression Brodard et Taupin,
à La Flèche (Sarthe),
le 7 octobre 1992.
Dépôt légal : octobre 1992.
Numéro d'imprimeur : 1134G-5.
ISBN 2-07-038549-3/Imprimé en France.

56647